Yannick COSNIER

LE RENDEZ-VOUS

Les Presses du Midi

Toute ressemblance avec des personnes existant ou ayant existé serait pure coïncidence.

Impression PDM

121 avenue d'Orient - 83100 Toulon
Tel. : 04 94 16 90 20 - Fax : 04 94 16 90 29
Dépôt légal mars 2003
ISBN : 2-87867-456-1

Le téléphone sonnait pour la troisième fois lorsqu'il décrocha le combiné.

- Jonathan, bonsoir, annonça-t-il.

Il entendait distinctement la respiration de son interlocuteur qui restait sans prononcer un mot. Cela n'émut pas le jeune homme, habitué à ce genre d'appel. Il répéta d'une voix aussi douce que possible afin de ne pas effrayer l'inconnu qui se trouvait à l'autre bout de la ligne :

- Vous êtes bien chez Jonathan. Puis-je faire quelque chose pour vous ?

- Euh… bonsoir…

Enfin, l'autre se décidait. Comme le garçon s'y attendait, il avait affaire à un homme et le timbre de sa voix lui donna immédiatement une indication sur son âge. Il était sans aucun doute aux alentours de la cinquantaine, ce qui, une fois de plus, n'était pas surprenant pour Jonathan.

- Je téléphone au sujet de l'annonce que vous avez mise dans le journal…

L'inconnu semblait faire un effort énorme pour parvenir à s'exprimer, comme si les mots refusaient obstinément de sortir de sa bouche. C'était sans aucun doute la première fois qu'il osait appeler à la suite d'une telle annonce et, bien qu'il se fût enfin décidé, il avait encore du mal à trouver le courage nécessaire pour parler naturellement.

Jonathan ne se démontait pas et attendait patiemment qu'il reprenne.

- J'aimerais savoir quel genre de... euh... services vous proposez.

Jonathan pouvait presque entendre le "ouf" de soulagement que l'inconnu ne manquait sûrement pas de souffler après avoir enfin osé faire sa demande. Il répondit de la façon la plus détendue qui soit :

- Eh bien, il s'agit de massages adressés exclusivement aux hommes. Je propose différents types de massages entre lesquels vous pouvez choisir à votre convenance, selon vos goûts et vos désirs. Les prix diffèrent bien sûr selon la qualité et les variantes. Si vous avez des désirs particuliers, nous pouvons en discuter le moment venu. Je suis très flexible...

Jonathan avait particulièrement insisté sur les deux derniers mots de façon à ce que son interlocuteur comprenne parfaitement ce qu'il voulait dire.

- Êtes-vous intéressé ?

L'homme s'empressa de répondre par l'affirmative, comme s'il avait peur de ne pas en avoir le courage s'il attendait trop.

Un petit sourire se forma sur les lèvres de Jonathan qui savait que le reste n'était plus qu'une formalité.

- Avez-vous des questions particulières ?

L'autre devait se sentir plus à l'aise maintenant puisqu'il commença à demander plus de détails concernant les prix et les variantes auxquelles Jonathan avait fait allusion.

Lorsque ce dernier raccrocha, il avait convenu d'un rendez-vous pour le lendemain soir avec son interlocuteur...

* * *

Jonathan s'assit dans le fauteuil en cuir de buffle qu'il affectionnait particulièrement, et se servit un verre de Malibu, la seule boisson alcoolisée qu'il parvenait à apprécier. Il pouvait être content de lui, le business marchait plutôt bien. Il avait eu une intuition géniale lorsqu'il avait adopté cette façon de travailler deux ans auparavant. Ils n'étaient pas nombreux dans le domaine de la prostitution masculine à recourir aux petites annonces, la plupart des prostitués préférant les méthodes classiques de racolage qu'il avait lui-même éprouvées pendant plus de trois ans.

Malgré son jeune âge - il venait de fêter son vingt-troisième anniversaire un mois plus tôt - il avait une longue expérience de la prostitution, grâce à laquelle il avait acquis cette assurance qui l'épatait encore aujourd'hui.

Il en était venu à exercer ce "métier" de manière tout à fait accidentelle. Il ne le devait pas à un enchaînement de circonstances extraordinaires, comme certains cas sociaux qui avaient trouvé là le seul moyen de survie possible, ni à un traumatisme occasionné durant son enfance.

Il était vrai que la mort de son père, emporté par un cancer du larynx alors qu'il était âgé de douze ans, avait été un choc pour lui. Mais il avait surmonté l'épreuve très rapidement grâce à l'attention permanente que lui avait portée sa mère. Celle-ci avait dû se résoudre à travailler à plein temps dans la grande surface où elle n'avait été employée jusqu'ici qu'à temps partiel, le salaire d'analyste programmeur de son mari ayant été suffisant pour leur assurer une vie confortable. Elle avait vendu la petite maison près d'Orly devenue trop chère pour elle et avait acheté un appartement dans un coin tranquille de Saint-Maur.

Elle avait craint au début que tous ces bouleversements soient néfastes pour l'enfant qui était attaché à son ancien quartier où il avait ses amis et ses habitudes. Mais elle avait réalisé par la suite que, loin de le perturber, cela avait été bénéfique pour lui de quitter cet endroit où tout lui rappelait constamment son père.

Il s'était habitué très vite à sa nouvelle vie et n'avait pas tardé à trouver de nouveaux camarades de jeux, dans le quartier comme dans son nouveau collège.

Rien dans son comportement ne le différenciait des enfants de son âge, si ce n'était son manque d'enthousiasme pour le football et les sports un peu rudes, ce que sa mère mettait sur le compte de sa taille plutôt frêle. Il était par contre attiré par les activités artistiques et ne tarda pas à commencer l'étude du solfège dans l'école de musique municipale où sa mère l'avait inscrit. Il essaya divers instruments avant de finalement choisir le violon, pour lequel il se révéla rapidement doué. Mais le cours hebdomadaire n'étant pas suffisant à son goût, il émit le vœu de prendre des cours particuliers en complément, au grand désespoir de sa mère pour qui cela représentait un effort financier conséquent. Mais comment pouvait-elle refuser d'exaucer le seul désir dont il lui avait fait part ?

Elle lui avait toujours porté un amour démesuré, mais elle avait su éviter de le couver comme une mère poule et lui avait toujours laissé une grande liberté. Cela n'avait pas été difficile car Jonathan s'était révélé un enfant et un adolescent très docile. Il était plutôt réservé et, au collège, s'était toujours tenu à l'écart des éléments les plus indisciplinés. C'est pourquoi elle ne s'inquiéta pas outre mesure lorsque, à l'âge où ses camarades commençaient à s'éveiller aux choses de l'amour, il restait plongé dans ses livres et ses leçons de violon. Jamais il n'avait fait la moindre allusion à propos d'une fille dans les conversations qu'ils tenaient le soir au cours du dîner. Elle ne doutait pas un instant qu'il s'en trouvait plus d'une à être attirée par ce bel adolescent aux larges boucles blondes qui encadraient un visage d'Adonis aux traits réguliers. Il était difficile de ne pas tomber pour ces yeux de biche aux cils démesurément longs qui lui donnaient un air si doux. Mais "son temps n'était pas encore venu, voilà tout, pensait-elle. Il aura assez d'occasions plus tard, lorsqu'il en aura fini avec ses études. Et c'est très bien ainsi." C'était une femme pratique et voir les choses sous cet angle était conforme à son état d'esprit.

Tout bascula pour Jonathan le jour où il dut changer de professeur de violon, Paul, le jeune étudiant du conservatoire qui lui avait enseigné jusqu'à présent, ayant obtenu une place dans un orchestre de banlieue. Celui-ci lui donna néanmoins avant de prendre congé les coordonnées d'un professeur renommé qui assurerait la relève sans problème.

La première rencontre entre l'élève et le nouveau professeur, une semaine plus tard, débuta assez mal pour le jeune garçon qui arriva avec un quart d'heure de retard.

Lorsqu'il sonna à la porte de l'immeuble d'aspect cossu, boulevard du Montparnasse, il était encore tout essoufflé d'avoir couru depuis la station de métro, et, quand enfin, il se trouva devant son nouveau professeur, quatre étages plus haut, il ne put que bafouiller quelques mots d'excuse, la tête dirigée vers le sol afin de cacher le rouge de confusion qui avait envahi son visage.

L'homme le pria d'entrer sur un ton aimable dans lequel ne perçait aucun signe de colère ou d'impatience, puis il l'aida à se débarrasser de son blouson avant de le faire passer dans la salle où ils allaient travailler désormais.

- Voici le lieu de votre labeur, jeune homme, dit-il avec un petit sourire qu'une moustache assez fournie essayait vainement de cacher. Mais, tout d'abord, rappelez-moi votre prénom, continua-t-il après avoir invité l'adolescent à s'asseoir.

Le garçon se nomma timidement.

- Jonathan ? reprit l'homme. Voilà qui n'est pas commun, dans nos contrées pour le moins. Avez-vous des origines anglo-saxonnes ?

Jonathan commençait à se sentir plus à l'aise et, maintenant, il n'hésitait plus à dévisager son interlocuteur. Celui-ci ne correspondait absolument pas à l'image qu'il s'en était faite. Il s'était attendu à voir un vieillard rongé par la maladie pour qui le moindre pas représentait un supplice. Paul n'avait rien dit de son âge, mais il avait mentionné qu'il avait appartenu au prestigieux orchestre philharmonique de Paris, qu'il avait dû quitter dix ans plus tôt pour raison médicale. L'imagination de Jonathan, fertile comme chez tout adolescent de seize ans, avait fait le reste.

L'homme qui lui faisait face maintenant n'avait rien d'un vieillard. Il était probablement à l'aube de la cinquantaine, autant que pouvait en juger Jonathan, et ne semblait souffrir d'aucun handicap physique.

Il était en train d'expliquer sa méthode de travail et l'adolescent se laissait bercer par sa voix très douce aux intonations agréables. Il appuyait parfois ses explications avec des gestes amples du bras et Jonathan pouvait admirer ses mains fines aux articulations délicates. Ses lunettes dorées ne masquaient en rien la chaleur de son regard que ses petits yeux noisette très mobiles rendaient particulièrement expressif. Il n'était pas ce que l'on pouvait appeler un bel homme, mais il dégageait une aura qui subjuguait le jeune garçon.

L'homme ne semblait pas s'apercevoir de la fascination qu'il exerçait sur Jonathan et, si c'était le cas, il n'en laissait rien paraître. Il parla encore quelques minutes puis décida qu'il était temps de passer à la pratique. Cette première leçon confirma l'adolescent qu'il était bien le violoniste talentueux que Paul lui avait décrit ainsi que le professeur sérieux et patient dont il avait besoin.

Jonathan rentra ce soir-là avec un étrange sentiment d'euphorie…

Les cours suivants furent un enchantement pour l'adolescent. Très vite, des liens étroits s'étaient tissés entre lui et son professeur. Ils passaient souvent de longs moments à converser après la fin officielle de la leçon.

Jonathan aimait à écouter Richard, comme il l'appelait désormais à la demande de celui-ci, disserter sur des sujets aussi divers que passionnants. La culture immense du violoniste éblouissait littéralement le jeune garçon.

Il n'était pas rare que Richard reçût l'adolescent avec une friandise ou un petit cadeau. Ce n'était jamais quelque chose de conséquent, mais Jonathan était sensible à ce genre d'attentions. Parfois, il arrivait pendant le cours que le violoniste dût rectifier une position incorrecte sur son élève et que sa main s'attarde un instant sur la nuque ou le bras de celui-ci, mais Jonathan, loin de s'en offusquer, éprouvait à chaque fois un frisson indescriptible.

Jonathan venait régulièrement chaque semaine depuis quatre mois, lorsque cela se produisit.

Une fois de plus, Richard était passé derrière lui sous prétexte de rectifier une mauvaise position quand, soudain, l'adolescent sentit les mains du violoniste se poser délicatement sur ses hanches. Il ferma les yeux, ne sachant s'il devait attendre ou empêcher la suite. Il avait l'impression que tout son corps tremblait et était prêt à s'écrouler, comme abandonné par des jambes devenues trop molles pour le soutenir. Il crut vraiment défaillir à l'instant où les lèvres de Richard effleurèrent la base de son cou, y déposant un baiser plein de tendresse, et il n'esquissa pas le moindre geste quand celui-ci le débarrassa avec une infinie douceur de son violon et de son archer. Il restait debout, comme hébété et mit sa main sans résistance dans celle que lui tendait son séducteur avant de se laisser entraîner vers le sofa près de la fenêtre…

* * *

Les doigts fins de Richard jouaient délicatement avec les longues boucles dorées de Jonathan, dont la tête reposait à présent sur sa cuisse dénudée. L'adolescent était allongé sur le sofa, les jambes repliées contre son torse afin de lutter contre la légère sensation de froid qui l'envahissait maintenant. Ils ne ressentaient pas le besoin de parler, appréciant simplement la magie de l'instant.

Jonathan, à son grand étonnement, n'éprouvait aucun sentiment de honte ou de culpabilité. Il était en parfaite harmonie avec sa conscience, peut-être comme il ne l'avait encore jamais été jusqu'ici. Ce qu'il venait de vivre n'était que la confirmation attendue de cette homosexualité qu'il avait toujours soupçonnée sans vraiment parvenir à l'admettre.

Il mentit à sa mère pour la première fois de sa vie une semaine plus tard en s'inventant un camarade de lycée chez qui il devait passer le prochain week-end.

Il n'avait pas pu se résoudre à lui faire part des derniers événements et c'était là la seule chose qui l'empêchait de profiter pleinement de son nouveau bonheur. Il avait toujours tout confié à sa mère, qui avait été la seule à partager ses joies et ses peines et maintenant, il éprouvait un sentiment de trahison à l'idée de lui cacher ce qui était probablement la découverte la plus importante de son existence.

- Mais tu ne m'as jamais parlé de ce garçon... s'étonna-t-elle, aggravant sans le savoir la sensation de malaise chez Jonathan.

- Mais si maman. C'est celui avec lequel je joue au ping-pong pendant les intercours.

- Celui dont le père tient un magasin de porcelaine?

- Non, ça c'est Patrick. L'autre s'appelle Lionel. Son père travaille pour une grosse boîte d'import-export et il part souvent à l'étranger. Il n'est pas là cette semaine et Lionel se retrouve tout seul. C'est pourquoi on a pensé que ça serait bien de passer le week-end chez lui.

- Et sa mère? N'est-elle pas à la maison?

- Ses parents sont divorcés. Sa mère s'est remariée avec un Américain et elle vit maintenant à New York. Il va lui rendre visite deux fois par an mais il ne veut pas habiter avec elle. Alors, maman, c'est d'accord?

Elle accepta sans difficulté. Elle était plutôt contente que son fils se décide enfin à s'émanciper un peu. Il avait eu dix-sept ans deux mois plus tôt et il était temps pour lui de sortir du giron maternel.

- À ta santé, Jonathan!

Les deux verres débordants de champagne s'entrechoquèrent, provoquant ce tintement délicat si caractéristique du cristal. Richard n'avait pas hésité à sortir sa plus belle vaisselle pour l'occasion, de superbes assiettes de porcelaine de Limoges dont il avait hérité de sa grand-mère, ainsi que des couverts d'argent dont il ne se rappelait plus l'origine. "Mais le plus important est ce que l'on mange, et non pas ce avec quoi l'on mange" avait-il dit à Jonathan avec son sourire si communicatif. Il était vrai que le dîner avait été particulièrement délicieux. Jonathan, émerveillé, avait découvert un autre des nombreux talents du virtuose, qui s'était révélé aussi doué dans le maniement du fouet que de l'archer.

Ils reprirent une gorgée de Dom Pérignon, se regardant par-dessus les flammes des bougies que Richard avait disposées au milieu de la table, "pour la petite touche de romantisme". Les yeux de Jonathan brillaient anormalement à cause de l'excès de champagne. Richard avait décidé qu'ils ne boiraient que cette boisson durant tout le repas et ils étaient en passe de terminer leur troisième bouteille.

Jonathan s'était en fait senti comme dans un nuage depuis qu'il était arrivé, en début d'après-midi. Richard avait préparé un bain bouillant dans sa baignoire immense et l'adolescent avait pu éprouver pour la première fois la sensation extraordinaire de bien-être procurée par les remous d'un jacuzzi. Ensuite, le violoniste l'avait essuyé longuement, n'omettant pas la plus petite parcelle de son corps, puis ils étaient passés dans le salon qui jouxtait la salle de travail. Là, Richard avait fait allonger Jonathan, toujours nu, sur une peau d'ours blanc et avait entrepris de le masser à l'aide d'onguents aux parfums indescriptibles. Jonathan, à sa propre demande, en avait alors fait de même sur Richard, suivant avec une attention appliquée les conseils prodigués par ce dernier. Jamais le garçon n'aurait pu imaginer la puissance érotique que pouvait contenir un massage. Il sut très vite reconnaître les moindres réactions, les plus infimes frémissements occasionnés chez son partenaire par le contact habile de ses mains. Après qu'il eut terminé, Jonathan s'allongea sur Richard et entreprit de frotter doucement son torse contre celui de son amant. Le doux contact des deux corps rendus luisants par l'application de la pommade parfumée créa une excitation qu'ils ne purent contrôler longtemps et ils firent bientôt l'amour. Ils étaient ensuite restés étendus un long moment sans échanger un mot, puis ils s'étaient finalement levés, comme à regret, et avaient enfilé chacun un peignoir en soie avant de passer dans la cuisine afin de préparer le repas qu'ils venaient juste de terminer.

- Jonathan, ne t'endors pas, lança Richard à l'adresse de l'adolescent dont les yeux commençaient à se fermer. La soirée n'est pas terminée, loin de là. Je pense qu'il est un endroit que tu te dois de connaître. Et nous y allons maintenant.

- C'est quel genre d'endroit?

- Tu verras bien. Mais je suis certain que tu aimeras.

Le taxi s'arrêta au milieu d'une rue d'aspect plutôt lugubre.

- 23 rue Tiquetonne ! lança le chauffeur avec un fort accent méridional. Ça fait 47 francs !

Jonathan sortit pendant que Richard réglait la course et observa l'endroit si intéressant qui les avait fait venir jusqu'ici. Il n'avait rien de particulièrement attractif et il semblait que ce fût là le but recherché. Seules quelques ampoules rouges et jaunes au-dessus de la porte en indiquaient la présence. L'unique fenêtre sur la droite était recouverte de peinture noire, afin d'empêcher les regards inquisiteurs. C'est seulement lorsqu'ils approchèrent de l'entrée que Jonathan put déchiffrer le nom, "Héro-Bar", inscrit en lettres de petit format au-dessus d'un bouton anodin sur lequel Richard appuya. La porte s'ouvrit presque instantanément, découvrant un colosse barbu, dont les cheveux roux hirsutes semblaient avoir été plantés à la main, mèche après mèche. Il dévisagea un court instant les deux hommes avec des yeux que leur taille minuscule rendait incongrus dans ce visage énorme, puis son faciès de bouledogue parut s'animer et sa bouche esquissa un mouvement que Jonathan interpréta comme un sourire.

- Soir, dit-il en les faisant entrer dans une sorte de vestibule.

- Bonsoir Loulou, je te présente un de mes bons amis, Jonathan. Le molosse émit un grognement qui devait lui tenir lieu de salut. Jonathan, voici Loulou. Évite de le bousculer, tu risquerais de le casser ! plaisanta Richard, ce qui provoqua un gloussement convulsif chez l'autre. "C'est un imbécile fini, mais il vaut mieux être en bons termes avec lui" murmura Richard à l'adresse de l'adolescent pendant qu'ils déposaient leurs vestes à la garde-robe.

Il y avait un escalier étroit sur leur gauche d'où leur parvenait de la musique rock assourdie. Richard s'y engagea après avoir invité Jonathan à le suivre et ils débouchèrent quelques mètres plus bas dans une immense salle qui avait toutes les apparences d'un café ordinaire. Jonathan nota immédiatement la chaleur presque étouffante qui régnait malgré la présence au plafond de plusieurs ventilateurs aux hélices gigantesques. Puis il fut assailli par le vacarme assourdissant émanant de dizaines de conversations simultanées couvertes par une musique poussée à l'extrême. Richard proposa à Jonathan d'aller jusqu'au bar, de l'autre côté de la salle. Pour ce faire, ils devaient se frayer un passage à travers les tables surpeuplées. Il y avait un va-et-vient incessant et l'adolescent était constamment bousculé d'un côté sur l'autre. Il croisa plusieurs fois le regard insistant d'individus qui s'arrêtaient pour le détailler de la tête aux pieds, avant de reprendre leur chemin. Il parvint enfin jusqu'au bar, où Richard, avec de grands gestes, essayait vainement d'entrer en contact avec un des serveurs débordés.

Il pouvait enfin respirer un peu et il ne tarda pas à s'abandonner dans la contemplation de la faune étrange qui évoluait devant lui. Des dizaines de mâles, tous homosexuels, cela ne faisait aucun doute, étaient rassemblés sous ses yeux, composant un tableau insolite. Certains évoquaient des caricatures de femmes, se rendant ridicules à force d'essayer de les imiter jusque dans leurs moindres gestes. Quelques couples s'embrassaient, apparemment indifférents au monde qui les entourait et Jonathan pouvait voir parfois une main s'égarer sur une partie sensible d'une anatomie. Quatre travestis installés à une table à quelques mètres de là, tenaient une conversation animée qui, avec leurs voix de baryton, prenait un caractère irréel. Mais cela n'avait apparemment l'air de choquer personne. À plusieurs reprises, le garçon croisa le regard d'hommes d'âge mûr qui le fixaient intensément, lui donnant le sentiment d'être une brebis égarée au milieu d'une meute de loups. À un moment, il dut faire un pas en arrière afin de faciliter le passage à un géant noir qui le remercia en lui envoyant un baiser du bout des lèvres. Il buta alors contre un couple de lesbiennes, trop occupées à s'embrasser pour seulement s'en apercevoir.

Richard arriva enfin, une bière dans chaque main. Jonathan, bien que ne raffolant pas spécialement de cette boisson, prit le verre qu'il lui tendait et le porta avidement a ses lèvres. Il avala une longue gorgée dans le but d'étancher au plus vite la soif qu'il ressentait depuis leur arrivée.

- Alors, qu'en penses-tu ? demanda Richard en désignant la salle d'un signe de tête.

- C'est spécial, en effet, répondit l'adolescent sans trop de conviction.

C'était trop nouveau pour lui. Il avait besoin d'un peu plus de temps pour se familiariser avec cet univers dont il ignorait absolument tout quelques instants auparavant. Il ne se sentait pas à sa place au milieu de ces gens qui lui paraissaient totalement superficiels, comme vides de tout sentiment. Le seul intérêt qu'ils semblaient se porter les uns aux autres était purement physique, sexuel. Ils ne se regardaient pas simplement, ils se détaillaient, jaugeaient leurs formes et leurs mouvements, ébauchant dans leur esprit le film de leurs fantasmes. Jonathan ne comprenait pas ce qu'un être aussi fin et sensible que Richard pouvait apprécier dans pareil endroit. Celui-ci était justement en train d'en vanter les qualités, avec une exubérance et un enthousiasme qui choquaient l'adolescent, pour qui il représentait l'image du calme et de la pondération.

- Ici, tu peux faire ce que tu veux, disait-il, tu peux ÊTRE ce que tu veux. Chacun s'habille comme il en a le désir, en homme ou en femme, sans que personne ne songe à critiquer. Nous deux pouvons nous embrasser sans choquer quiconque. Nous sommes au royaume de la tolérance, cette tolérance qui nous fait tant défaut dans le monde ordinaire.

L'adolescent voulait croire que le champagne, additionné à la chaleur, était la cause de cette frénésie soudaine et il commençait à s'inquiéter de la tournure que prenaient les choses lorsque le regard de Richard, dirigé vers le fond de la salle, s'illumina. Il fit un grand signe de la main dans cette direction et dit à l'adresse de Jonathan :

- Viens, je vais te présenter quelques amis.

Ils durent jouer des coudes une fois de plus pour parvenir jusqu'à une table où étaient installés deux garçons et deux filles, qui n'avaient guère plus de vingt ans.

- Qui est ce bel Adonis ? demanda l'un des garçons après que Richard eut donné une accolade chaleureuse à chacun d'eux.

- Permettez-moi de vous présenter, commença ce dernier d'un ton solennel, un futur grand violoniste, nommé : Jonathan.

- Je croyais qu'il jouait plutôt de la flûte, plaisanta l'autre garçon, déclenchant un fou rire parmi ses compagnons.

- Il est vrai qu'il en joue très bien également, répondit Richard sur un ton parfaitement naturel. Puis il se tourna vers Jonathan qui se tenait derrière lui, essayant de dissimuler tant bien que mal le fard qui avait envahi ses joues. Allons, Jonathan, ne sois pas si gêné. Il faut t'habituer à ce genre de plaisanteries. Tu auras souvent l'occasion d'en être victime. Mais la plupart du temps, elles ne viendront pas d'un homo comme Dominique, chez qui il n'y a pas une once de méchanceté, mais de gens mal intentionnés qui essaieront de te blesser et de te ridiculiser.

- Et avec Dom, y a pas d'problème. S'il t'énerve, alors tu peux lui dire d'aller se faire voir, il adore ça, pas vrai Dom ? s'empressa d'ajouter avec un air malicieux son voisin de droite, un beau garçon brun avec des yeux bleus immenses. Puis celui-ci tendit la main à l'adolescent avec un large sourire et lui dit d'un ton agréable :

- Salut Jo. Moi, c'est Nicolas.

Il essayait visiblement par cette démarche sympathique de le mettre à l'aise et Jonathan lui serra la main vigoureusement, comme si, par ce geste, il pouvait lui exprimer sa reconnaissance. Celui-ci se tourna ensuite vers la fille la plus proche. C'était une métisse d'une beauté incroyable. Rarement il avait vu un visage aussi parfait, des traits aussi fins. Elle lui rappelait une pharaonne dont il avait vu le portrait quelque temps auparavant dans un livre d'histoire.

- Bonsoir, dit-il timidement.

- Bonsoir. Je m'appelle Malou, répondit-elle d'une voix aux intonations masculines qui brisèrent instantanément le flot de questions que se posait Jonathan quant à la présence d'une telle créature dans pareil endroit. Il resta interdit, comme si son esprit refusait d'accepter cette évidence.

- Ben quoi, mon minou, fais pas cette tête-là. T'as jamais vu un travelo ? dit alors une voix qui ne lui semblait appartenir à aucun des deux garçons. Elle provenait en effet de l'autre “fille” que Jonathan découvrait à présent. C'était une blonde un peu forte, outrageusement maquillée. Son apparence et son comportement vulgaire offraient un contraste saisissant avec la grâce naturelle de la métisse. À la différence de cette dernière, ses traits étaient grossiers et, s'ils pouvaient donner le change de loin, ils ne pouvaient en aucun cas tromper sur sa nature lorsque l'on se trouvait à proximité.

- Faut t'en remettre, coco, t'en verras d'autres, reprit-elle en se levant. Allez, viens danser, ça va te changer les idées.

Jonathan voulut décliner l'invitation mais le garçon qui répondait au nom de Dominique se leva à son tour et dit, en le poussant gentiment :

- Betsy a raison. De toute façon, il n'y a pas assez de chaises pour tout le monde. Richard, tu ne vois pas d'inconvénients à ce qu'on te l'emprunte un peu ?

- Non, aucun. C'est de son âge, répondit celui-ci en s'asseyant sur le siège laissé libre par Betsy.

La discothèque se trouvait dans le prolongement direct du café, ce qui expliquait le fort volume sonore dans tout l'établissement. Il suffisait de franchir une large ouverture et de descendre deux marches pour se retrouver dans une pièce circulaire très haute de plafond. Il y avait une piste de danse au centre, autour de laquelle tout semblait graviter. Un large escalier partait de chaque côté de l'ouverture et menait à une terrasse qui suivait le pourtour de la pièce, d'où les curieux pouvaient suivre à loisir les mouvements des danseurs trois mètres plus bas. Quelques spots éclairaient la piste au rythme de la musique, laissant le reste dans une semi-obscurité qui permettait malgré tout à Jonathan de voir de nombreux couples échanger des baisers passionnés.

Il sursauta à la vue de deux types étranges adossés contre l'escalier et occupés à s'embrasser fougueusement. C'était tout d'abord leur carrure impressionnante qui avait attiré son regard. L'un d'eux portait un simple débardeur et Jonathan avait été fasciné par la beauté du dessin de ses muscles saillants. Mais un autre détail avait rapidement attiré son attention : leur façon de se toucher. Il n'y avait aucune trace de tendresse dans leurs gestes qui paraissaient au contraire empreints de violence. Ils ressemblaient à deux lutteurs engagés dans une épreuve de force dans laquelle le but était de faire mordre la poussière à l'adversaire, comme dans ces combats de sumos japonais que l'adolescent avait eu l'occasion de voir à la télévision quelquefois. Betsy, qui avait suivi son regard, s'empressa d'expliquer :

- Ceux-là, mon mignon, vaut mieux les éviter. Ils f'raient qu'une bouchée de toi. Ce sont des pédés-cuirs. On les appelle comme ça parce qu'ils sont toujours fringués en cuir, des pieds à la tête. Même la casquette est en cuir, tu vois ?

Elle désignait un des deux protagonistes qui en arborait un superbe exemple sur son crâne rasé. Ce sont des tarés. Ils passent des heures par jour à soulever des haltères pour se forger des pectoraux en béton. Mais j'crois bien que c'est leur cerveau qui est en béton. Et pour couronner le tout, ils sont adeptes du sadomasochisme. J'ai entendu dire qu'ils font des trucs complètement dingues. Bon, allez, viens danser. Tu vas pas passer la nuit à les regarder.

Elle l'entraîna jusqu'à la piste où Dominique était déjà en action sur un air de Phil Collins.

- Alors comme ca, c'est la première fois que tu viens ici ?

Betsy et Jonathan étaient accoudés sur le comptoir et dégustaient un gin tonic. C'était le travesti qui avait proposé d'aller prendre un verre au bar après avoir dansé pendant plus d'une heure, et Jonathan dont la chemise trempée collait a la peau, avait accepté sans hésiter. Dominique, occupé à flirter du regard avec un grand blond moustachu, avait préféré rester sur la piste.

Jonathan répondit par l'affirmative à la question du travesti, sans ajouter cependant qu'il pensait que c'était aussi la dernière fois. Il ne voulait pas s'engager une fois de plus dans une conversation au sujet de l'endroit, surtout avec Betsy, pour qui il éprouvait maintenant une sympathie réelle. Il venait de se confier à elle comme il l'aurait fait avec un ami de longue date, n'hésitant pas à lui faire part de sa découverte récente et répondant à ses questions les plus personnelles. Il sentait chez elle un intérêt pour sa personne qui n'était pas guidé par une curiosité malsaine ou déplacée. Elle s'était révélée d'une sensibilité peu commune qui s'accordait mal avec son franc-parler ou ses manières un peu rudes et ses réactions aux révélations de l'adolescent avaient été pleines de tact. Celui-ci regrettait de l'avoir mal jugée au début de leur rencontre.

- Et toi, tu viens souvent ici ? demanda-t-il à son tour.

- Assez, ouais. J'aime cet endroit. Je m'y sens super à l'aise. Personne ne me dérange ou me mate comme si j'étais une bête curieuse.

Jonathan reconnaissait les arguments que Richard avait exposés lorsqu'ils étaient arrivés, mais ils prenaient une autre dimension dans la bouche de Betsy.

- Quand je n'ai pas envie de bosser et que je veux m'éclater en toute tranquillité, continua cette dernière, alors je viens ici.

- Qu'est-ce que tu fais comme travail ?

- Agent de police, ça s'voit pas ? répondit-elle le plus naturellement du monde. Puis elle éclata de rire à la vue de l'expression interloquée de Jonathan. Je suis pute, bien sûr. Qu'est-ce que tu veux que je fasse d'autre ? Nous autres, les trav, on n'a pas le choix, c'est le trottoir ou on crève.

- Tu n'as jamais essayé d'avoir un vrai travail ?

- Qui veux-tu qui me prenne ? Personne ne veut d'un travelo. À part Michou, mais il n'y a pas de place pour tout le monde. De toute façon, je ne me plains pas. Je gagne du fric et je bosse quand je veux. Je me verrais mal travailler dans un burlingue huit heures par jour pour six mille balles par mois.

C'était là un point de vue tout à fait personnel que Jonathan préférait ne pas discuter davantage. Ils restèrent un court moment silencieux puis Jonathan demanda soudainement, se surprenant lui-même par son audace :

- Comment es-tu devenu travesti ?

L'aspect direct de la question ne parut pas émouvoir Betsy comme l'avait craint l'adolescent et celle-ci se lança presque immédiatement dans l'histoire de sa vie.

Il était le troisième d'une famille de cinq enfants, et en tant que seul garçon, la fierté d'un père despotique, qui avait toujours désiré un mâle. Aussi loin que sa mémoire pouvait remonter, il avait toujours eu une mentalité de fille, et avait toujours été jaloux des poupées et des dînettes de ses sœurs. Lui avait droit à des légos et des voitures ou encore des pistolets en plastique avec lesquels il était supposé jouer au soldat, autant de jeux qui ne l'attiraient absolument pas.

Son père avait de grands projets pour lui, dont il faisait part à ses copains de l'usine de cartons où il était manutentionnaire, à chaque fois qu'il buvait quelques pastis de trop en leur compagnie : "Il sera footballeur professionnel." Et il l'avait inscrit derechef dans le club le plus proche sans se préoccuper de son avis. Les deux entraînements hebdomadaires étaient rapidement devenus un enfer pour le petit Pascal. Son père était devenu fou furieux lorsque l'entraîneur l'avait convoqué afin de lui expliquer que ce sport n'était peut-être pas le meilleur choix pour son fils et qu'il devait considérer d'autres activités plus à même de l'intéresser. L'enfant devint rapidement son désespoir et son souffre-douleur.

C'est vers l'âge de quatorze ans que celui-ci commença de chiper des robes de sa sœur aînée en cachette ainsi que son rouge à lèvres qu'il essayait dans sa chambre lorsqu'il n'y avait personne à la maison. Il paradait devant la glace de la penderie, s'admirant sous toutes les coutures. Il lui arrivait même d'enfiler ses chaussures à talon, non sans mal, mais le résultat lui faisait oublier la douleur occasionnée par leur taille trop petite.

C'est accoutré ainsi que sa plus jeune sœur le surprit, alors qu'il avait seize ans, et, bien qu'il lui ait dit que c'était une blague dont elle ne devait parler à personne, elle s'était empressée de tout raconter à leurs parents.

La réaction du père ne s'était pas fait attendre. Il lui avait hurlé de s'expliquer, le visage presque collé au sien. Pascal, en voyant les pupilles de ses yeux dilatées par la colère et l'alcool et en inspirant son haleine chargée de vinasse, savait que celui-ci ne voudrait rien entendre, quoi qu'il dise, et il s'était laissé cogner, sans réagir.

Il était parti le soir même, non sans avoir pris au préalable deux mille francs dans la commode de la chambre de ses parents où il savait les trouver. Il avait eu rapidement recours à la prostitution pour survivre, qu'il exerçait partout où il pouvait, dans les rares toilettes publiques, les parcs ou les cafés. Mais son but restait le même, devenir une femme. Il avait fait la connaissance de quelques travestis et avait commencé à prendre des hormones sur leurs conseils.

L'opération qui lui donna enfin la poitrine dont il avait toujours rêvé ne tarda pas à suivre, le consacrant femme à part entière... "Enfin... presque, car en fait, j'ai toujours quelque chose qui pendouille entre mes cuisses. Et ça, j'aimerais bien me le faire enlever, mais après... fini la jouissance. Tu as un vagin, mais avec lequel tu ne peux rien ressentir. C'est complètement mort. Il faut être fort pour supporter ça. Une de mes copines a essayé, elle n'a pas tenu le choc. Deux ans après, elle s'est suicidée."

Betsy se taisait à présent et fixait son verre avec un regard vide d'expression. Jonathan imaginait facilement la douleur qu'elle ressentait et le conflit permanent dans lequel elle se débattait, mais il ne trouvait pas de mots qui puissent la consoler ou lui apporter un soutien moral, si minime soit-il. Que pouvait-il dire à un être déchiré, pour qui la vie était une lutte constante ? Lutte contre les autres, qui n'acceptaient pas la différence et condamnaient sans chercher à comprendre, mais également lutte contre lui-même, qui éprouvait la même réaction de dégoût en se découvrant chaque soir dans le miroir de la salle de bains.

Tous les jours, il lui fallait recommencer le même combat contre les stigmates de la masculinité qui réapparaissaient sans cesse sous la forme d'un duvet disgracieux. Tous les jours, il devait affronter les regards moqueurs, accusateurs ou tout simplement curieux, regards qui lui rappelaient constamment sa marginalité et auxquels il ne s'habituerait jamais vraiment.

Jonathan voyait maintenant le travesti avec des yeux complètement différents. Il se sentait honteux d'avoir éprouvé un sentiment proche de la répulsion à son égard. Il devait mettre un terme à cette sensation désagréable qui l'envahissait. Il vida son verre d'un trait et dit brusquement :

- Il serait temps de rejoindre les autres, sinon ils vont finir par s'inquiéter.

Ce fut l'odeur du café qui tira Jonathan du sommeil profond dans lequel il était plongé. Il ouvrit un œil au moment où Richard entrait dans la chambre, portant un petit déjeuner copieux sur un plateau. Il posa celui-ci sur le lit et se dirigea vers la fenêtre dont il tira les rideaux d'un coup sec. La lumière crue du jour inonda la pièce, arrachant une plainte à l'adolescent qui se cacha le visage sous l'oreiller.

- Allez, debout paresseux ! dit Richard en enlevant le drap qui recouvrait Jonathan. Ce dernier s'assit avec peine, les yeux toujours fermés, de peur d'affronter la luminosité.

- Ohhhh ! Ma pauvre tête, gémit-il.

- J'y ai pensé, dit Richard sur un ton jovial en lui tendant deux cachets d'aspirine et un verre d'eau. Après ce que tu as ingurgité, ce n'est pas surprenant que tu aies mal au crâne.

- J'ai bu tant que ça ? demanda Jonathan en se frottant la nuque comme s'il espérait pouvoir soulager la douleur par ce simple geste.

- Pour quelqu'un qui n'est pas habitué à boire, on peut dire que tu as bien descendu. J'ai essayé de t'arrêter, mais tu ne voulais rien entendre. Ça a été assez amusant jusqu'au moment où tu t'es senti mal et où j'ai dû t'emmener aux toilettes pour que tu vomisses.

- J'ai vomi en plus ? Oh non !

Jonathan avala les cachets en esquissant une grimace de dégoût. J'ai vraiment dû avoir l'air ridicule.

- Non. Tout le monde a très bien compris, dit Richard sur un ton qui se voulait tout à fait rassurant. Ça nous est tous arrivé un jour.

- J'espère que je n'ai pas été trop pénible ? s'inquiéta l'adolescent.

Il pensait aux gens qui devenaient agressifs après avoir bu un verre de trop et était effrayé à l'idée d'avoir eu le même genre de comportement.

- Pas du tout. Tu étais même plutôt charmant. Cette réponse le tranquillisa un peu. Tiens, prends une tasse de café au lait. Attention, c'est chaud. En fait, tu étais... comment dirais-je... sociable. Tu avais envie d'embrasser tout le monde.

- Quel idiot ! se lamenta Jonathan. Mais quel idiot je suis. Comment ai-je pu me laisser avoir comme cela ? Je ne me suis rendu compte de rien. Excuse-moi si j'ai gâché la soirée.

- Tu n'as rien gâché du tout. Il était tard lorsque tu as commencé à te sentir mal, c'était une heure parfaite pour partir. Allez, ne pense plus à ça et mange un peu. Ça va te faire du bien.

Jonathan regardait les croissants sans éprouver la moindre envie. Il se sentait incapable d'avaler quoi que ce soit et, lorsqu'il s'en excusa d'un air désolé auprès de Richard, celui-ci répondit simplement :

- Ce n'est pas grave. Pensons plutôt à ce qui va suivre. J'ai préparé le programme pour la journée. Tu vas me dire ce que tu en penses : tout d'abord, tu vas prendre un bain bien chaud pour te relaxer, puis je vais te donner un de ces massages dont j'ai le secret afin d'achever de te remettre d'aplomb. Ensuite nous irons faire un petit tour, histoire de te dégourdir les jambes et de prendre l'air. Et pour finir, j'ai pensé que nous pourrions aller au cinéma. Qu'en dis-tu ?

- Oui sans problème au bain et au massage. Après, on verra. Tout dépendra de ton talent à me remettre en forme. Peut-être aurais-je d'autres désirs à ce moment-là...

Un quart d'heure plus tard, il se glissait dans l'eau délicieusement chaude du bain que Richard avait préparé à son intention et, à peine était-il immergé qu'il avait oublié sa déconvenue de la veille.

Il reposa le combiné avec rage. Occupé, une fois de plus. Décidément, il n'avait pas de chance. Il avait appris quelques minutes plus tôt que son professeur d'économie était absent, ce qui lui laissait subitement toute l'après-midi de libre et sa première pensée avait été évidemment de rendre visite à Richard. Il s'était alors précipité sur la cabine téléphonique la plus proche et avait tenté à plusieurs reprises d'entrer en contact avec son amant, en vain. Depuis près de trois mois que leur relation durait, c'était la première fois que Jonathan avait l'occasion de passer toute une après-midi avec lui. Habituellement, il devait se contenter d'une heure ou deux après les cours, lorsque Richard n'avait pas d'élève, ce qui était plutôt rare. Les sentiments du garçon à l'égard de ce dernier étaient devenus si forts qu'il ne pouvait se contenter de la leçon hebdomadaire pour le voir.

Il appela encore une fois, ne pouvant se résoudre à abandonner sans une dernière tentative. Il savait qu'ensuite il lui faudrait renoncer malgré le besoin impérieux de voir Richard qui le tenaillait.

Le récepteur écrasé contre l'oreille, presque à en faire mal, il attendait impatiemment que le contact s'établisse lorsqu'il reconnut la tonalité indiquant que la ligne était occupée. Il raccrocha d'un coup sec et donna un coup de pied de dépit dans la porte de la cabine.

Qu'allait-il faire maintenant? Il n'avait aucune envie de rentrer. En fait, il n'avait aucune autre envie que celle de retrouver son amant, une envie si forte qu'il se décida malgré tout à se rendre chez lui sans plus tarder, quitte à trouver porte close ou arriver au beau milieu d'un cours. Aujourd'hui, il avait tout son temps et pouvait se permettre d'attendre, ce qui n'était pas toujours le cas. Il se dirigea vers la station de métro d'un pas décidé, se réjouissant à l'avance de la bonne surprise qu'il allait faire à Richard.

Une demi-heure plus tard, il se trouvait devant l'immeuble où habitait son amant. Il composa le code qui en permettait l'accès et s'engouffra dans l'escalier dont il avala les marches quatre à quatre. Arrivé devant l'appartement de Richard, il marqua une courte pause afin de reprendre son souffle avant de sonner. Il entendait de la musique classique à travers la porte en bois massif. Le volume sonore semblait être élevé mais l'insonorisation coûteuse dont était équipé l'appartement paraissait remplir parfaitement son office. Cette musique soulagea immédiatement Jonathan qui était maintenant tout à fait certain de la présence de Richard dans les lieux. Il sonna de nouveau, plus longuement pour être sûr que son amant entende. Le sourire qui éclairait son visage s'éteignit après quelques instants d'attente qui lui semblèrent durer une éternité. "Quelle idée d'écouter de la musique aussi fort." grommela-t-il en faisant une nouvelle tentative. Il commençait à douter du bon fonctionnement de la sonnette et se demandait s'il ne devait pas utiliser une méthode plus brutale. À bout de patience, il saisit la poignée et la tourna en exerçant une légère pression sur la porte. Par chance, celle-ci n'était pas fermée à clef.

Il entra dans le vestibule et appela mais sa voix était couverte par la musique, décidément très forte. Il jeta un coup d'œil rapide dans la salle de travail et le salon sans succès, puis il s'engagea dans le couloir. Il aperçut de la lumière dans la salle de bains située à l'extrémité du long corridor. Il comprenait maintenant pourquoi Richard n'entendait rien. Il avança résolument dans cette direction, impatient de surprendre son amant. C'est alors qu'il crut entendre des rires et des exclamations. Il s'arrêta net, restant à l'écoute des voix qu'il distinguait parfaitement à présent. Son cœur semblait faire des bonds dans sa poitrine et ses jambes devinrent si molles qu'il crut qu'elles allaient se dérober sous son corps.

Il reprit sa marche, lentement. Il atteignit enfin la porte légèrement entrebâillée de la salle de bains et resta planté là, incapable de faire un geste. Le sang battait violemment à ses tempes et tout son corps était secoué d'un léger tremblement nerveux qu'il ne parvenait pas à maîtriser. Il se demandait s'il devait tourner les talons et partir, ou bien s'il devait faire preuve de courage et affronter la vérité en face. Une vague de sensations toutes plus désagréables les unes que les autres déferlaient dans son esprit, tandis que les rires redoublaient de l'autre côté de la porte. Il ne savait pas s'il ressentait de la peur, de la haine ou de la douleur tant ses idées étaient confuses, mais une chose lui apparut clairement : il devait pousser cette porte.

Il approcha la main lentement et pressa sans hâte inutile. La porte s'ouvrit doucement, découvrant Richard assis dans la baignoire, occupé à caresser le dos d'un individu installé entre ses jambes. Les deux hommes tournèrent la tête en même temps dans la direction de l'adolescent et la vue de ce dernier fit disparaître instantanément toute trace de sourire de leur visage. Jonathan reconnut immédiatement l'individu qui tenait si charmante compagnie à Richard.

C'était l'un des deux garçons que le violoniste lui avait présentés dans la discothèque. Son nom lui avait échappé mais il se souvenait parfaitement avoir apprécié sa gentillesse à son égard, ce qui n'en était que plus humiliant. Les yeux de l'adolescent s'embuèrent de larmes tandis qu'il restait à les regarder, sans prononcer un son, les lèvres tremblant d'émotion et de colère.

- Jonathan... commença Richard, qui se remettait lentement de sa surprise. Il esquissa le geste de se lever, ce qui eut pour effet de sortir l'adolescent de sa torpeur. Celui-ci se tourna vers la porte et sortit dans le couloir. Il ne distinguait presque rien à travers les larmes épaisses qui coulaient à flot maintenant. Richard sauta précipitamment hors de la baignoire et se lança à sa poursuite, laissant une longue traînée d'eau savonneuse derrière ses pas.

- Jonathan, attends ! cria-t-il. Attends-moi, bon sang !

L'adolescent avait presque atteint l'entrée lorsque Richard le rattrapa. Celui-ci se jeta dos contre la porte, faisant un barrage de son corps.

- Jonathan, tu dois m'écouter. Tu ne peux pas partir comme ça, dit-il en essayant de reprendre son souffle.

- Écouter quoi ? demanda l'adolescent d'un ton haineux. Ce que j'ai vu me suffit amplement, je n'ai pas besoin d'écouter quoi que ce soit. Laisse-moi sortir.

- Non. Pas avant que tu te sois calmé et que tu aies entendu ce que j'ai à dire. Cela ne résoudra rien de t'en aller ainsi.

- Laisse-moi sortir ! implora de nouveau Jonathan dont les larmes coulaient toujours avec la même intensité. Tu n'es qu'un salaud, une ordure. Je te déteste.

- C'est vrai, tu as raison, répliqua Richard avec un air sincèrement désolé. Je suis une ordure, mais une ordure qui t'aime et...

- Tu n'as pas le droit de dire ça ! cria l'adolescent, l'empêchant de poursuivre. Son regard exprimait toute sa rage impuissante. Comment peux-tu parler d'amour ? Je suis sûr que tu n'as jamais rien éprouvé pour moi. Tu t'es amusé, c'est tout. Tu t'es dis : "Ce n'est qu'un môme qui ne connaît rien à la vie. Profitons-en." Et tu crois que je vais finir par me jeter à tes pieds, en demandant pardon de t'avoir dérangé, peut-être ?

- Arrête, Jonathan. Ça suffit !

Le ton autoritaire mais calme avec lequel Richard s'était exprimé eut raison pour un temps de la verve fougueuse de l'adolescent. Le musicien attendit que le garçon se calme complètement avant de reprendre doucement.

- Je t'aime, Jonathan, c'est pourquoi je ne veux pas que tu partes ainsi, sans m'avoir écouté. Je ne veux pas que tu me juges mal. Ce que je vais te dire maintenant, je te l'aurais dit tôt ou tard. J'aurais préféré que cela se passe d'une autre manière et dans d'autres circonstances, mais il est impossible de revenir en arrière, hélas. Ce qui est fait est fait.

- J'espère au moins que ça a été bien fait, ironisa Jonathan d'un ton acerbe.

Ce dernier semblait reprendre le contrôle de lui-même. Les larmes avaient cessé de couler et sa respiration était redevenue régulière. Il fixait Richard, toujours appuyé contre la porte, et un léger sourire apparut sur ses lèvres à la vue de la nudité de celui-ci, plutôt ridicule dans cet instant. Le violoniste, décontenancé l'espace d'une seconde, s'empara d'un pull qui traînait sur un fauteuil à côté de lui et l'attacha prestement autour de sa taille.

- Jonathan, commença-t-il après avoir retrouvé un peu de dignité, j'ai passé des moments absolument merveilleux en ta compagnie, parce que tu es un garçon merveilleux. J'ai été victime de ton charme et je n'ai pas su contrôler cette attirance que j'éprouvais pour toi. Mais jamais je n'aurais imaginé que cela puisse aller si loin et que tes sentiments deviennent si forts. Lorsque je me suis rendu compte de l'amour que tu me portais, j'ai essayé de faire marche arrière.

"Presque chaque fois que tu me téléphonais depuis le lycée pour me demander si tu pouvais venir, je te disais que j'avais un élève, bien que ce ne soit pas toujours le cas. Mais je voulais éviter que tu viennes trop souvent car cela ne pouvait qu'aggraver la situation.

"J'ai pensé souvent à te faire part de ce que je ressentais, mais j'avais peur de ta réaction. Je me rends compte aujourd'hui que cela eut été un moindre mal."

Il marqua un temps d'arrêt avant de reprendre avec fougue: " Mais bon sang, Jonathan, regarde-moi ! J'ai cinquante et un ans, tu en as dix-sept. Qu'espérais-tu ? Qu'attendais-tu d'un vieillard comme moi ? Regarde la réalité en face. J'ai été ton premier, mais je n'ai jamais pensé être le dernier. Je voudrais tant que tu comprennes, Jonathan."

Il s'arrêta un instant afin de guetter les réactions éventuelles de l'adolescent, puis il reprit sur un ton beaucoup plus posé : "Ce que je désire par-dessus tout, Jonathan, c'est que nous restions amis et que notre merveilleuse entente ne soit pas gâchée par ce qui s'est passé aujourd'hui. Je suis conscient que tu es profondément choqué et déçu, mais j'aimerais que tu réfléchisses à tout cela calmement, à tête reposée et que tu finisses par me comprendre et me pardonner. Je suis persuadé que nous pouvons continuer notre bonne relation sur d'autres bases. Maintenant, c'est à toi que revient le soin de juger. Je ne peux qu'espérer que tu prennes la bonne décision."

Jonathan restait silencieux. La tête baissée et les yeux fixant le sol sans le voir, il avait du mal à réaliser ce qu'il était en train de vivre. La colère avait fait place à la déception et une immense lassitude l'envahissait peu à peu. Les mots prononcés par Richard résonnaient encore dans son cerveau, comme un écho continu. Il ne voulait plus rien entendre. Il fallait qu'il sorte, tout simplement. Il s'apprêtait à partir lorsqu'il entendit une voix qu'il ne reconnaissait que trop bien à présent, dire sur un ton jovial tout à fait déplacé dans les circonstances présentes :

- Hé, voyez-moi ca ! Mais c'est notre petit Jonathan !

Ce dernier releva la tête et vit le garçon de la discothèque, appuyé nonchalamment contre l'encadrure de la porte du couloir, paré d'une simple serviette de bains nouée autour du bassin. Il arborait un sourire dans lequel Jonathan discernait une ironie des plus détestables. Il sentit à nouveau la colère monter en lui mais Richard s'empressa de dire à l'adresse du nouveau venu :

- Nicolas, je ne pense pas que le moment soit idéal pour des retrouvailles. N'as-tu pas envie de boire quelque chose dans la cuisine ?

Celui-ci comprit au ton glacial employé par le violoniste que cette question n'admettait pas de contradiction.

- O.K., O.K., fit-il avant de disparaître dans le couloir.

Richard esquissa une moue de désolation en direction de Jonathan. Il regrettait visiblement l'incident qui venait de se produire.

- Je suppose que votre relation ne date pas d'hier ? demanda l'adolescent étrangement calme à présent.

- Ce n'est pas exactement ce que tu crois… tenta d'expliquer Richard, avant d'être interrompu par le garçon.

- Vous avez dû bien rigoler sur mon compte. Je me demande si tu ne m'as pas présenté à lui exprès dans la discothèque, afin de mieux apprécier. Vous êtes répugnants. Mais je m'en fiche après tout. J'ai peut-être le droit de sortir maintenant que tu as dit ce que tu voulais ?

Richard, qui se trouvait toujours devant l'entrée, s'écarta lentement. L'adolescent s'avança jusqu'à la porte en cherchant à éviter son regard.

- Je suis vraiment désolé, commença Richard, mais pense à ce que je t'ai dit et ne…

- Non, arrête, le coupa Jonathan. Ce n'est vraiment pas la peine de continuer. Je crois que j'en ai assez vu et entendu pour aujourd'hui. J'ai vraiment besoin d'air frais. Ici, c'est trop vicié.

Puis il sortit et disparut dans l'escalier à vive allure.

Jonathan ne vit rien du trajet qu'il parcourut dans le train de banlieue qui le ramenait vers le foyer maternel. Bien que son regard fût dirigé sur le paysage monotone qui défilait derrière la vitre sale du compartiment, ses pensées étaient encore dans l'appartement du violoniste. Il revoyait sans cesse les images de la scène qui venait de s'y dérouler, augmentant son désespoir un peu plus chaque fois. Comment Richard avait-il pu lui faire une chose pareille ? Il aurait dû lui dire qu'il ne voulait plus de lui au lieu de se comporter comme le dernier des salauds. Et la différence d'âge qu'il avait évoquée ? Bien sûr qu'elle les aurait empêchés d'être un couple normal, Jonathan en était parfaitement conscient, mais ils auraient pu profiter l'un de l'autre aussi longtemps que possible. Il en était encore là de ses tergiversations lorsqu'il arriva à la maison. Il fut heureux de constater que sa mère n'était pas encore revenue du travail, car il n'avait aucune envie de lui parler. Il alla directement dans sa chambre et se jeta sur le lit où il fondit en larmes.

Les jours suivants furent particulièrement difficiles pour le garçon qui s'appliquait à continuer ses activités comme si de rien n'était. Il devait faire un effort constant afin de ne rien laisser paraître de son désarroi à sa mère. Il avait pris garde de ne rien changer à ses habitudes pour ne pas éveiller ses soupçons. Ainsi, les jours où il avait normalement sa leçon de violon, il s'arrangeait pour arriver à la même heure que par le passé. Tout semblait aller comme il le souhaitait puisque sa mère ne lui avait jamais posé la moindre question ni fait la plus petite remarque.

Deux semaines passèrent, pendant lesquelles l'adolescent ne parvint pas à chasser le violoniste de son esprit. Il s'était plongé à corps perdu dans ses études, persuadé de tenir là le seul remède contre son obsession, mais cela s'avéra sans succès. Il lui arrivait souvent de rêver de Richard durant ses nuits agitées où il ne cessait de se tourner d'un côté sur l'autre dans son lit. Cela l'agaçait prodigieusement mais il admettait qu'il n'y avait sans doute là rien d'anormal. Peu à peu ses rêves prirent une tournure érotique qu'il jugea beaucoup plus troublante, d'autant plus que son ancien amant n'était pas la seule personne à y être impliquée. D'autres hommes y apparaissaient, comme Nicolas, le garçon qu'il avait surpris avec Richard. Il se sentait coupable, non pas d'avoir de telles visions, bien qu'il les estimât perverses, mais d'y trouver un réel plaisir. Il essayait alors d'en chasser rapidement le souvenir à son réveil.

Ses journées étaient devenues monotones et sans attrait. Il se sentait complètement démuni devant les bouleversements qu'avait occasionnés sa rupture. Il n'avait pas d'ami à qui il pouvait confier ses malheurs. Richard avait été son seul centre d'intérêt ces derniers mois et leur séparation le laissait dans l'abandon le plus total. Il lui était difficile d'entrer en contact avec des garçons de son âge. Il n'avait absolument rien en commun avec eux. Ceux-ci étaient pour la plupart uniquement intéressés par leur petite copine et le football. C'est comme cela qu'il en vint à repenser, dans les moments où la solitude lui devenait vraiment insupportable, à la discothèque pour laquelle il avait éprouvé tant de dégoût. L'idée d'y retourner avait commencé à prendre forme dans son esprit. Il avait repoussé ce désir à chaque fois avec succès, mais il sentait que la tentation finirait par avoir raison de sa résistance.

Cela arriva un peu plus d'un mois après le triste épisode de sa rupture. Il était allé au cinéma pour essayer de se changer les idées. Les nombreuses scènes d'action du film l'avaient agréablement distrait pendant une heure et demie mais la fin de la séance le ramena à la triste réalité de sa solitude. Il jeta un rapide coup d'œil à sa montre qui indiquait vingt-deux heures et jugea qu'il était trop tôt pour rentrer. Que ferait-il à la maison ? Il échangerait quelques mots avec sa mère, si celle-ci n'était pas déjà couchée, puis il regarderait une émission inintéressante à la télévision ou bien il s'enfermerait dans sa chambre afin de lire un peu avant de finalement éteindre la lumière et tenter de trouver le sommeil. Il fit une grimace de dégoût à cette pensée et se dirigea vers le bar le plus proche. Il commanda un coca cola après s'être installé sur un tabouret près du comptoir et observa les consommateurs, nombreux comme il se doit un samedi soir. Un groupe d'une dizaine de garçons et filles, qui avaient à peu près son âge, se faisaient entendre bruyamment dans un coin. Ils étaient engagés dans une conversation animée où chacun essayait de parler plus fort que son voisin. De temps à autre, l'un d'eux lançait une plaisanterie qui provoquait l'hilarité générale. Jonathan aurait aimé se trouver parmi eux pour partager leur joie d'être ensemble et cette pensée ne contribua en rien à lui remonter le moral. Il détourna la tête et essaya de concentrer son attention sur une autre partie du local. Son regard s'attarda quelques instants sur l'un des couples présents. L'homme parlait en caressant tendrement la main de sa partenaire qui le contemplait avec une expression de ravissement ne laissant aucun doute quant aux sentiments qu'elle éprouvait pour lui.

Deux tables plus loin, deux jeunes tourtereaux s'embrassaient longuement, indifférents aux bruits et aux mouvements environnants. L'adolescent ressentit un pincement au cœur à leur vue. Ce n'était pas le bonheur des autres qui lui faisait mal, mais son absence de bonheur à lui. Il aurait voulu être en mesure de partager des moments agréables avec des amis qui le comprenaient et qui étaient à même de percevoir ses émotions et ses états d'âme. Il aurait voulu pouvoir flirter sans risquer d'être rejeté avec mépris. Il ne désirait pas rester isolé, comme ces gens relativement nombreux qu'il distinguait à présent dans la salle, assis chacun devant une petite table ronde et contemplant avec un regard vide d'expression le verre posé devant eux ou le mouvement des passants de l'autre côté de la vitre. Tout lui était devenu soudain insupportable. Il était entré ici en espérant se détendre et se changer les idées et il n'avait fait que sombrer dans la déprime la plus profonde. Il s'empressa de vider son verre et sortit.

La fraîcheur de l'air, tout à fait normale en cette fin de mars, le surprit agréablement. Il jeta un coup d'œil au long ruban de voitures qui occupait toute la largeur du boulevard Saint-Michel et s'étirait jusque sur l'île de la Cité. Il commença à marcher dans la même direction que le flot des véhicules, sans but précis. Il n'arrivait pas à convenir de ce qu'il voulait faire, mais il n'était toujours pas décidé à rentrer. Parvenu à la hauteur du pont Saint-Michel, il s'arrêta et contempla un instant la Seine qui coulait paresseusement entre les quais déserts sous l'œil vigilant de Notre-Dame, dont la stature imposante se dressait à quelques centaines de mètres à peine. La quiétude de l'endroit, qui contrastait étrangement avec le tumulte environnant, avait quelque chose de magique, d'irréel. Jonathan comprenait pourquoi ces lieux avaient toujours exercé une fascination démesurée sur les artistes et les amoureux. Il se laissait entraîner doucement par ces pensées bucoliques lorsqu'une bourrasque soudaine le ramena brutalement à la réalité. Il se détacha de la barrière métallique sur laquelle il était appuyé et reprit son chemin en direction de la place du Châtelet.

Ses pas l'entraînèrent jusqu'à la fontaine des innocents près des halles, où il se laissa distraire quelques instants par les rythmes endiablés d'une dizaine de percussionnistes noirs avant de poursuivre sa route. Il contourna le forum des halles, indifférent à son architecture futuriste, et s'engagea dans la rue Montorgueil. Il avait accéléré sensiblement le pas depuis un moment, étant tout à fait conscient maintenant de sa destination finale. En fait, il avait su ce qu'il désirait depuis le moment où il était sorti du cinéma, mais il n'avait pas osé se l'avouer franchement. Il avait tenté de retarder l'échéance le plus possible par ses arrêts intempestifs, espérant trouver la force de renoncer au dernier moment, mais chaque fois son besoin avait été le plus fort. Il atteignit enfin la rue Tiquetonne. Il ne lui restait plus qu'une centaine de mètres à parcourir avant d'arriver à cet endroit si particulier qui l'attirait et l'effrayait tout à la fois.

Il n'était plus question de faire marche arrière, même s'il n'était pas encore trop tard pour cela. Il s'arrêta à la hauteur de la porte, facilement reconnaissable aux ampoules rouges et jaunes qui la décoraient, et regarda le bouton de la sonnerie en s'interrogeant. Et si le videur demandait à voir ses papiers ? Il n'avait pas pensé un seul instant à cette possibilité. Il était vrai qu'il était entré sans problème la fois précédente, mais il le devait à Richard qui connaissait très bien le patron. Le violoniste avait expliqué à l'adolescent que la police ne faisait jamais de descente inopinée dans ce lieu à cause de certaines personnes publiques particulièrement "sensibles" qui le fréquentaient régulièrement. Si le nom d'une de ces personnalités venait à être cité dans un procès-verbal, cela pouvait avoir des répercussions très désagréables qu'il était préférable d'éviter. La maison se devait malgré tout de veiller à l'application de la loi en interdisant entre autres rigoureusement l'entrée aux mineurs. Mais il y avait bien sûr toujours certains privilégiés. Jonathan haussa les épaules et appuya résolument sur la sonnerie. Il verrait bien ce qui se passerait.

La porte s'ouvrit sur le même colosse roux que la dernière fois. Cela donna une lueur d'espoir à l'adolescent, qui s'empressa de dire "bonsoir" avec un large sourire. Le bouledogue resta parfaitement insensible à cette marque de politesse et se mit en devoir de détailler méticuleusement le garçon de la tête aux pieds. Ce comportement ne manqua pas de provoquer un malaise chez ce dernier, qui comprenait que l'autre ne le reconnaissait absolument pas. Il voyait ses chances de pouvoir entrer s'envoler lorsqu'il demanda, mû par une impulsion subite :

- Est-ce que Richard est là? Puis il reprit, sans laisser au molosse le temps de répondre : "J'avais rendez-vous chez lui à dix heures mais j'ai eu un problème de transport et quand je suis arrivé, il était déjà parti. Alors, comme on devait venir ici, j'ai pensé qu'il devait déjà y être."

Le videur le regarda sans dire un mot, comme si les paroles de Jonathan n'étaient pas encore parvenues jusqu'à son cerveau. Enfin il se décida à répondre, sur un ton d'où toute amabilité était bannie.

- Non, j'l'ai pas vu.

Il s'arrêta, les yeux toujours fixés sur l'adolescent qui restait sans bouger, ne sachant quelle attitude adopter. Puis il demanda, avec les mêmes intonations glaciales : "T'as l'intention de rester dehors ou tu veux rentrer?"

Jonathan évita de paraître trop empressé et s'efforça de répondre calmement :

- Je crois que je vais l'attendre à l'intérieur.

Le molosse s'écarta pour le laisser passer, au grand soulagement du garçon. Une fois à l'intérieur, celui-ci s'engagea directement dans l'escalier qu'il descendit lentement. Il n'avait plus aucune raison de se presser maintenant et il pouvait apprécier l'instant en toute quiétude. Pendant qu'il dévalait les marches, il repensait à Richard. Celui-ci était probablement occupé avec un amant en ce moment, peut-être avait-il séduit un autre de ses élèves. Il n'avait sûrement pas été le premier et il ne serait assurément pas le dernier, il n'en doutait pas un instant. Mais il réalisa à sa grande surprise que cela lui était désormais complètement égal. Une certaine euphorie s'empara de lui à cette constatation. Ainsi, il avait fini de se lamenter à cause de Richard. Un mois, un seul petit mois lui avait suffi pour surmonter l'épreuve. Mais était-ce bien normal ? Il n'eut pas le temps d'approfondir davantage la question car il atteignait la dernière marche et pénétrait enfin dans la salle où il avait reçu un tel choc quelques mois plus tôt. Un seul coup d'œil lui suffit pour s'apercevoir que rien n'avait changé. À peine avait-il levé les yeux qu'il avait déjà croisé une dizaine de regards intéressés devant lesquels il battit rapidement en retraite. Il n'était bien sûr pas pris au dépourvu comme la première fois, mais son manque d'assurance naturel l'empêchait d'affronter ces contacts visuels de façon délibérée. Il avait besoin d'un peu plus de temps pour se familiariser avec les mœurs ambiantes.

Il se dirigea vers le bar auquel il put accéder sans trop de difficultés, à sa grande surprise. Il était vrai qu'il n'y avait pas autant de monde que la dernière fois. Il commanda une bière, bien qu'il eût préféré un gin tonic, comme ceux qu'il avait eu l'occasion d'apprécier en compagnie de Betsy la fois précédente, mais ses moyens limités ne lui permettaient malheureusement pas ce luxe. L'évocation du travesti éveilla en lui le désir de le revoir. La conversation qu'ils avaient eue ensemble lui avait laissé le souvenir d'un être attachant avec lequel il aurait aimé renouer contact. Il le chercha du regard dans la salle mais il dut renoncer avec regret. Il y avait bien quelques travestis assis ensemble à une table, mais Betsy n'en faisait malheureusement pas partie.

Il sirota sa bière, appuyé nonchalamment contre le bar de façon à se donner une certaine contenance. Un garçon d'une vingtaine d'années environ s'approcha de lui pour passer commande auprès d'un des barmen. L'adolescent l'observa discrètement de côté, appréciant la beauté du profil et la délicatesse des traits. Grand et élancé, il portait un pantalon de cuir serré et un débardeur moulant qui faisaient ressortir le galbe dessiné des muscles et l'étroitesse de la taille. Son port gracieux et ses gestes souples laissaient deviner sans grand risque d'erreur sa qualité de danseur.

Il se tourna vers Jonathan et le fixa droit dans les yeux en lui adressant un sourire débordant de sensualité. L'adolescent, décontenancé par la rudesse de l'attaque, lui rendit vaguement son sourire avant de détourner la tête et de porter son verre à ses lèvres dans le but de masquer sa gêne. Il remercia en lui-même le serveur qui fit involontairement diversion en apportant sa consommation à l'inconnu. Ce dernier paya et Jonathan put sentir son regard s'attarder à nouveau sur lui, mais il se garda bien de tourner la tête dans sa direction. L'autre s'éloigna, laissant là l'adolescent, stupide et désespéré. Il ne comprenait pas ce qui l'avait poussé à se comporter ainsi.

Allait-il fuir chaque fois qu'un garçon lui montrerait de l'intérêt ? Et quand bien même cet intérêt ne serait que physique, n'avait-il pas droit lui aussi à des aventures, comme ses camarades de lycée qui exhibaient fièrement une nouvelle petite amie presque chaque semaine ? Il était homo, mais c'était là la seule différence entre eux. Pour le reste, il pouvait se comporter de la même manière et draguer s'il en avait envie. Il finit son verre d'une traite et le posa sur le zinc d'un coup sec, puis il resta planté là, ruminant ses pensées avec une moue boudeuse. Il ne vit pas l'homme arriver sur sa droite. Celui-ci s'arrêta à sa hauteur et demanda, d'une voix posée :

- N'y a-t-il rien que je puisse faire pour redonner le sourire à un si charmant minois ?

L'adolescent détourna la tête d'un air étonné et observa le visage de celui qui venait de prononcer cette phrase un peu vieux jeu qui correspondait assez mal à l'endroit. C'était un homme d'âge mûr. Il n'était pas particulièrement beau mais il dégageait un certain charme avec son collier bien taillé qui lui encadrait le bas du visage. Ses yeux que leur couleur grise rendait presque transparents, fixaient le garçon comme s'ils essayaient de déchiffrer la moindre de ses pensées. Comme Jonathan n'avait toujours pas répondu, l'inconnu se hasarda à poser une question plus directe :

- Est-ce que je peux t'offrir un verre ?

L'adolescent cligna des yeux plusieurs fois très rapidement, comme s'il reprenait subitement contact avec la réalité puis il acquiesça d'un simple mouvement du menton. L'emploi soudain du tutoiement l'avait quelque peu surpris. L'homme reprit :

- Que dis-tu d'une tequila frappée ? Ça te va ?

- Je ne sais pas, je n'ai jamais goûté, avoua Jonathan qui se sentait un peu ridicule. Mais son interlocuteur ne sembla pas s'en formaliser et lui expliqua sur un ton enthousiaste : "C'est excellent, fais-moi confiance. C'est un mélange de tequila et de limonade. On recouvre le verre d'une serviette, on le frappe sur le bar, d'où le nom "tequila frappée", et on boit tout de suite cul sec. Alors, c'est OK ?"

Jonathan opina du chef, bien qu'il ne fût pas vraiment convaincu. Il n'avait jamais eu l'occasion de goûter à la tequila, mais il connaissait sa réputation d'alcool très spécial et particulièrement fort. Il essaya de se persuader néanmoins que la limonade devait en atténuer très fortement l'effet. Il était loin de se douter que ce mélange détonant était particulièrement apprécié par bon nombre de jeunes qui trouvaient là un moyen efficace de s'enivrer rapidement.

L'homme dut jouer des coudes afin d'obtenir une place au bar d'où il pouvait commander. L'adolescent, qui le découvrait à présent de dos, fut impressionné par la largeur de ses épaules et l'épaisseur de son cou, qui offraient un contraste saisissant avec son visage plutôt mince. Après quelques minutes, il lui fit signe d'approcher et de se tenir prêt à boire dès que le serveur aurait frappé, ce qui fut fait quelques secondes plus tard. L'inconnu adressa un rapide clin d'œil à l'adolescent et ils vidèrent tous deux leur verre en même temps. Jonathan ressentit immédiatement une brûlure à l'intérieur de la gorge. À peine eut-il dégluti qu'il ouvrit la bouche, comme s'il voulait expulser la douleur, avant d'être pris d'une quinte de toux.

- C'est fort ! réussit-il à dire enfin, les yeux encore exorbités.

L'homme, sur lequel la mixture ne semblait pas avoir eu d'effet, avait déjà reposé son verre et tendait un demi au garçon.

- Je sais, dit-il, c'est pour ça que j'ai pris également des bières. À ta santé… euh… Il marqua un temps d'arrêt avant de reprendre : "Nous ne nous sommes même pas présentés. Il faut réparer cette erreur tout de suite. Je m'appelle Antoine."

Il tendit la main à Jonathan qui la serra vivement en se nommant à son tour, puis ils trinquèrent. Les effets de l'alcool commençaient à se faire sentir chez l'adolescent et lorsqu'ils eurent fini leur verre quelques minutes plus tard, celui-ci éprouvait certaines difficultés à se concentrer pleinement sur ce que lui racontait son tout nouveau compagnon.

Ce dernier commanda une autre tequila frappée, sans même demander son accord à Jonathan, et ils l'avalèrent de la même façon que la précédente. Mais cette fois-ci, l'adolescent ne ressentit pas autant de difficultés. À peine avaient-ils fini qu'Antoine lui tendait déjà une autre bière. Ce dernier, intarissable, parlait sans discontinuer. Cela arrangeait Jonathan qui était parfaitement incapable d'entretenir une conversation. Il se contentait de hocher la tête de temps à autre afin de montrer qu'il suivait attentivement. Il n'avait plus aucune notion du temps et commençait à perdre celle de l'espace. Il devait faire un effort pour regarder son partenaire dont l'image devenait trouble parfois. Ce dernier posa une question, du moins l'adolescent pensait-il que c'était une question à la façon dont Antoine le regardait fixement sans rien dire, visiblement dans l'attente d'un signe de sa part. Jonathan l'entendit vaguement demander : "Alors, c'est bon?" Il n'avait aucune idée de ce à quoi l'autre faisait allusion, mais il fit oui de la tête afin de lui donner satisfaction comme il l'avait fait plusieurs fois au cours de la soirée. L'homme le prit alors par la main et l'entraîna avec lui sans que Jonathan oppose la moindre résistance. Ils longèrent le bar et continuèrent en direction de la piste de danse. L'adolescent pensa que son compagnon voulait se défouler un peu sur le rythme techno, mais celui-ci tourna alors sur la droite et poussa une porte que le garçon n'avait pas remarquée la première fois qu'il était venu. La lumière crue de la salle l'obligea à fermer les yeux à demi tandis qu'Antoine continuait à le tirer d'une main ferme. Celui-ci fit passer l'adolescent dans une pièce que ce dernier jugea simplement exiguë à travers les brumes de l'alcool qu'il avait ingurgité.

Il n'eut pas le temps de réaliser qu'ils se trouvaient dans les toilettes, que l'homme l'avait fait mettre à genoux d'une poigne vigoureuse et attirait son visage en direction de son bas-ventre. il fut contraint d'ouvrir la bouche et d'engloutir le membre dressé que son agresseur avait déjà extrait de son pantalon. La pression exercée sur sa nuque lui était douloureuse alors que l'odeur de transpiration et d'urine du sexe de l'homme lui donnait la nausée.

Les larmes ne tardèrent pas à couler abondamment de ses yeux tandis que son bourreau continuait à besogner en poussant des grognements primitifs. Le cauchemar semblait durer depuis une éternité lorsque les mouvements de la brute s'accélérèrent sensiblement et se firent encore plus violents.

Jonathan sentit soudain un liquide chaud jaillir et inonder son palais alors que son violeur émettait un râle qui paraissait ne jamais devoir finir. Ce dernier maintint la pression sur la nuque de l'adolescent une dizaine de secondes avant de finalement se retirer, satisfait.

Il resta immobile quelques instants, attendant que sa respiration redevienne normale, puis il se rajusta sans hâte. Il prit alors la main de Jonathan, toujours à genoux, dans les siennes et lui dit sur un ton presque paternel :

- Eh bien mon garçon, tu ne t'en es pas trop mal tiré. Apprends à te détendre un peu et tu verras que ça n'est pas si terrible que ça.

Puis il sortit sans se préoccuper davantage de l'adolescent.

Jonathan resta dans la même position durant quelques minutes, incapable de réagir. Puis il fut pris d'une nausée soudaine et eut juste le temps de se pencher au-dessus de la cuvette du WC pour y vomir. Il était meurtri au plus profond de son être. Les effets de l'alcool étaient totalement dissipés à présent et il ne lui restait plus que cette horrible sensation de dégoût. Il allait se relever lorsqu'il sentit quelque chose à l'intérieur de sa main droite. Il approcha celle-ci de son visage et l'ouvrit lentement. Ses yeux s'agrandirent de surprise. Non, ce n'était pas possible ! Il refusait d'y croire. Il s'empara du morceau de papier froissé de l'autre main et le déplia soigneusement. Pas de doute, il s'agissait bien d'un billet de deux cents francs.

Il continuait de fixer le billet, interdit. Qu'est-ce que cela signifiait ? Pour qui ce type le prenait-il ? Il n'était pas une pute ! Il voulut le jeter dans la cuvette et tirer la chasse d'eau, puis il se ravisa et le mit dans sa poche. Après tout, ce serait stupide de sa part. Il sortit de la cabine en chancelant légèrement, tant ses jambes étaient faibles. Il vit alors deux hommes occupés à s'embrasser le long du mur. Depuis combien de temps étaient-ils ici ? Il ne se rappelait pas les avoir vus en entrant avec Antoine, mais cela n'avait rien de surprenant tant il était ivre à ce moment-là. Il se sentit envahi par la honte mais aucun des deux hommes ne lui prêta la moindre attention. Il s'avança vers le lavabo le plus proche et se passa de l'eau en abondance sur le visage, comme s'il espérait effacer par ce geste tout souvenir de ce qu'il venait de vivre, puis il releva la tête et se regarda enfin dans le miroir placé devant lui. Il avait envie de hurler...

Jonathan sortit enfin des toilettes, avec l'unique désir de quitter les lieux le plus rapidement possible. Il ne voulait même pas chercher à retrouver son agresseur. Que pouvait-il faire, de toute manière ? Le frapper ? L'autre était fort comme un taureau et aurait raison de lui en un rien de temps. Porter plainte, et par là même révéler son homosexualité à sa mère ? Non, décidément, il n'y avait rien à faire. Il ne pouvait s'en prendre qu'à lui-même. Il se dirigeait résolument vers la sortie lorsqu'il sentit une pression sur son bras, tandis qu'une voix disait : "Eh bien, Jonathan, tu nous quittes déjà ?" Il fit volte-face, les poings fermés et les muscles tendus, croyant que son agresseur revenait à la charge. Il reconnut alors Nicolas, qui arborait son éternel sourire ironique si déplaisant. Il était vraiment la dernière personne qu'il avait envie de voir. Il agita le bras violemment afin de lui faire lâcher prise et tenta de reprendre sa marche, mais il n'avait pas fait deux pas que l'autre le saisit à nouveau d'une poigne ferme.

- Attends, Jonathan, ne pars pas comme ça. Tu pourrais me dire merci au moins.

- Merci de quoi ? répondit-il agressivement en cherchant à échapper à l'étreinte douloureuse. De t'être foutu de moi ? Je n'ai rien à te dire. Lâche-moi et fiche-moi la paix, je t'ai assez vu !

Mais Nicolas ne relâcha pas la pression d'un pouce.

- Je ne parle pas de Richard, reprit-il, c'est de l'histoire ancienne. Même si effectivement je mérite des remerciements pour ça aussi. Je t'ai quand même rendu un super service ! Il marqua une courte pause avant de lâcher : "Je parle des deux cents balles que tu viens de gagner."

Jonathan devint subitement livide. Son interlocuteur se rendit compte du changement soudain qui s'était opéré en lui car il relâcha lentement le bras de l'adolescent et se campa dans une position de combat, en arborant malgré tout le même sourire narquois.

- Qu'est-ce que tu dis ? Les traits du visage de Jonathan étaient déformés par la haine. Comment es-tu au courant ? Réponds, ordure ! Vide ton sac !

L'autre, sûr de sa supériorité physique, conservait la même expression railleuse. Il répondit calmement :

- Parce que c'est moi qui ai tout arrangé. Je t'ai vu arriver par l'escalier, alors je me suis planqué, histoire de te mater tranquillos, pour voir ce que tu voulais faire. À vrai dire, j'étais un peu surpris de te voir débarquer ici. Je ne pensais à rien de spécial jusqu'au moment où j'ai rencontré Antoine, qui est un de mes bons clients. Il vient souvent ici à la recherche de chair fraîche. Quand je lui ai parlé d'un gonze qui était tout nouveau dans le métier, et mineur en plus, il est devenu tout excité. J'l'ai donc branché sur toi en lui disant de t'arroser un peu d'abord histoire de t'aider à vaincre ta timidité. Ça m'amusait de voir comment t'allais réagir. J'ai pas été déçu.

- Espèce de salaud ! cria Jonathan. Pourquoi as-tu fait ça ? Pourquoi t'acharner sur moi ? Ça ne t'a pas suffi avec Richard ? Je ne t'ai rien fait !

La rage lui faisait à nouveau monter les larmes aux yeux. Il recommença à se sentir mal. L'alcool, qui n'avait pas complètement disparu, le viol dans les toilettes, et, maintenant, les explications de Nicolas, tout cela devenait trop difficile à supporter. Il fut pris à nouveau de nausées. Nicolas s'en aperçut et lui proposa immédiatement un café pour le remonter. L'adolescent, incapable de se débrouiller seul, le suivit à regret. Ils trouvèrent une table minuscule et Jonathan s'affala sur une chaise pendant que l'autre garçon passait la commande au bar. Celui-ci ne tarda pas à arriver avec deux tasses de café fumant.

- Tiens, bois ça, ça va aller mieux. Il s'installa sur un tabouret en face de l'adolescent et reprit : "J'ai rien contre toi, bien au contraire. J't'ai trouvé sympa la première fois que j't'ai vu. Et quand j'ai pigé que t'étais accro avec Richard, alors là je m'suis dit : "Danger". Richard, je l'connais bien."

- Sûrement un de tes bons clients aussi, hein? lança Jonathan d'un ton acerbe.

- Bien sûr, qu'est-ce que tu crois? Je ne couche pas avec lui pour ses beaux yeux, comme toi. Je ne comprends pas ce que t'as pu trouver à un vieux chnoque pareil.

- Il a d'autres qualités. Il n'y a pas que la beauté physique qui compte dans la vie. As-tu seulement jamais entendu parler de beauté intérieure?

Nicolas partit d'un grand rire.

- Beauté intérieure? Alors là, tu m'tues! Y a pas plus ripoux que ton Richard. C'est un gros obsédé qui ne pense qu'au sexe, avec un énorme S.

- Tu oublies la musique! s'empressa de dire Jonathan. Il a fait partie de l'orchestre philharmonique de Paris. Bien sûr, pour toi, ça ne signifie pas grand-chose, mais pour un musicien, c'est le rêve. Et la seule raison pour laquelle il ne joue plus aujourd'hui, c'est sa santé. Il a de gros problèmes de ce côté-là.

- Quoi ? Elle est bien bonne celle-là. Je vois que t'es pas au courant de tout. Tu sais ce que c'est son problème de santé ? Des gosses de huit-dix ans avec lesquels il jouait à touche-pipi ! Parfaitement. Ton idole s'envoyait en l'air avec des mômes. Il a été en cabane pendant quatre ans. Après ça, fini la carrière musicale. Il m'a raconté toute son histoire un jour qu'il était bourré. Venant de lui, je suppose que c'est vrai. Ça t'en bouche un coin, hein ?

Jonathan restait silencieux, abasourdi par les révélations de Nicolas. Celui-ci continua, profitant de son avantage.

- Ça l'a soigné en ce qui concerne les gosses, mais il a toujours un faible pour les jeunes. Il a dû te voir venir de loin, crois-moi. Un petit mec mignon, timide, naïf. La belle occase. Je pouvais rien te dire quand je t'ai vu avec lui l'autre fois, et, de toute façon, tu m'aurais pas cru. Mais j'étais bien content le jour où tu nous as surpris chez lui. Comme ça au moins, t'avais compris.

- Oui, et toi, tu ne risquais plus de perdre un client.

- Mais décidément, tu piges que dalle. Je l'avais toujours comme client et ça aurait continué. Je pensais sincèrement à ton intérêt.

- Si tu es aussi intéressé par mon bonheur, pourquoi as-tu envoyé une brute me violer ?

- Te violer ? T'étais consentant, non ? Il a quand même pas été obligé de te tirer par les cheveux pour t'emmener aux chiottes !

L'adolescent n'en croyait pas ses oreilles. Le cynisme dont faisait preuve Nicolas l'époustouflait.

- Mais il m'a saoulé ! J'étais incapable de réaliser ce qui m'arrivait. Et tu le sais très bien puisque c'est toi qui lui as indiqué la manière de faire.

- Écoute, tu vas pas me faire croire que tu tailles une pipe à un mec dès que tu as bu un coup de trop. J'vais te dire une chose, mon vieux, t'es venu ici pour te faire un mec, et tu t'en es fait un, c'est tout. Et moi, je t'ai donné la possibilité de joindre l'utile à l'agréable. Tu veux te sortir un gonze? D'accord, mais si tu peux ramasser du fric en même temps, pourquoi pas?

Jonathan était outré par ces propos. Il se demandait s'ils émanaient de la bouche d'un être particulièrement machiavélique ou tout simplement d'un simple d'esprit.

- Comment as-tu pu faire ça? Tu es complètement cinglé! On devrait t'enfermer chez les dingues, au moins tu ne serais pas dangereux pour les autres. D'ailleurs, je ne sais pas pourquoi je reste ici à discuter avec toi. Ciao!

Il fit mine de se lever mais Nicolas le saisit immédiatement par le bras.

- Attends, te casse pas maintenant. En fait, j'ai une proposition à te faire.

- Une proposition? Jonathan était suspicieux.

Quel genre de proposition pouvait lui faire un type pareil? "Non merci. Garde ton idée pour quelqu'un d'autre. Je ne veux rien avoir à faire avec toi. Salut."

Nicolas accentua sa prise autour du poignet de l'adolescent.

- Je sais que t'as pas beaucoup de fric. Ta mère est seule pour t'élever et c'est pas avec son boulot qu'elle gagne des masses.

- Comment sais-tu tout cela? C'est Richard qui t'a raconté ça quand vous rigoliez sur mon compte?

- Mais non, nous n'avons jamais parlé de toi avec Richard. Tu te rappelles Betsy, le trav? Eh bien, c'est elle qui m'a expliqué tout ça après votre charmante conversation. Fais pas cette tête-là, c'est quand même pas un secret d'état, non? Enfin, bref. Je m'disais que c'était peut-être la solution pour toi.

- Tu veux parler de la prostitution? Coucher avec des mecs pour du fric? Tu es vraiment cinglé! Tu crois vraiment que je vais faire un truc pareil? Je n'ai jamais vu quelqu'un d'aussi dégueulasse que toi.

- En deux minutes, tu t'es fait deux cents balles. T'appelles ça être cinglé ? Tu sais combien je peux gagner en une journée ? jusqu'à cinq mille francs. Cinq mille bananes, Jonathan. Tu te rends compte de ce que c'est ? Où vas-tu gagner ça toi ? Avec ton violon, que tu as laissé tomber, entre parenthèses.

Jonathan était atterré. Cela dépassait largement les limites de son imagination la plus délirante. S'il était persuadé l'instant d'avant que plus rien ne pouvait l'étonner chez Nicolas, force lui était de constater qu'il s'était trompé une fois de plus. Il fit un effort sur lui-même avant de prendre la parole.

- Qu'est-ce que ça peut bien te faire ce que je vais gagner de toute façon ? Pourquoi es-tu tellement intéressé par mon sort ?

- J'y viens. Tu sais que je fais la pute. Il ignora la mimique de l'adolescent. J'ai un studio que je loue rue Sainte-Anne, mais je ne m'en sers pas constamment. Alors voilà : tu le partages avec moi. Tu me refiles une certaine somme chaque mois et tu profites de l'appart comme t'en as envie. Cool, non ?

- Cool ? Pour toi, oui ! Ça te permet en plus de gagner du fric sur mon dos.

- T'emballe pas ! C'est normal que je touche une commission. Où tu veux faire ton business sinon ? Chez ta mère ?

- Il n'est pas question que je fasse ce business, comme tu dis ! répondit Jonathan d'un ton sec. Et maintenant, j'en ai vraiment assez entendu. Je rentre me coucher.

Cette fois-ci, Nicolas ne chercha pas à le retenir. Il sortit simplement un bout de papier de sa poche sur lequel il griffonna rapidement avant de le tendre à l'adolescent.

- Tiens, c'est mon numéro de bigophone. Tu m'appelles quand tu veux, quand tu t'es décidé.

Jonathan le regarda d'un air méprisant avant de lui dire, en détachant chaque mot :

- Tu peux toujours compter dessus.

Puis il tourna le dos et quitta la salle d'un pas rapide.

* * *

Jonathan contempla son verre, vide à présent. Il le reposa délicatement sur la table de salon dont la forme évoquait un piano à queue, puis il jeta un coup d'œil à sa montre. Il avait encore une bonne heure devant lui avant l'arrivée de son prochain client. Il pouvait tout aussi bien l'apprécier en toute tranquillité. Il se leva et se dirigea vers le bar situé dans l'angle de la pièce. Il se servit à nouveau un Malibu avant de revenir s'asseoir dans son fauteuil fétiche. Il allongea les jambes et posa les pieds sur la table basse en poussant un soupir de satisfaction. Il n'était pas du tout dans ses habitudes de boire, mais l'évocation de son passé l'avait plongé dans une humeur particulière qui s'accordait bien avec un peu d'alcool. Il avala une gorgée et jeta un coup d'œil circulaire dans la pièce. Il se sentait tellement bien chez lui, dans ses meubles ! Finalement, il avait bien fait de revenir voir Nicolas moins de quinze jours après leur conversation dans le bar. Il ne le regrettait absolument pas aujourd'hui mais à l'époque, il avait eu du mal à prendre la décision.

Il avait passé des jours et des nuits à se torturer l'esprit avant de se laisser tenter par la perspective de gains importants. Il n'était pas très fier le jour où il s'était présenté devant Nicolas, mais le prostitué, à sa grande surprise, lui avait fait un accueil plein de tact. Il n'avait pas émis le moindre sarcasme ni montré le plus petit signe de triomphe. Il lui avait simplement serré la main chaleureusement en le regardant droit dans les yeux et lui avait dit : "Tu ne le regretteras pas."

Il se révéla par la suite un garçon tout à fait charmant qui cachait une sensibilité énorme sous ses airs décontractés. Il fit montre de beaucoup de patience vis-à-vis de Jonathan, se dépensant sans compter pour lui apprendre toutes les ficelles du métier. Ils avaient fini par devenir amants, de façon tout à fait naturelle. C'était sans aucun doute grâce à lui que le garçon naïf et complexé qu'était Jonathan était devenu un être sûr de lui, parfaitement capable de gérer son existence. Mais cette prise de confiance en lui s'accompagna d'un désir d'indépendance croissant. C'est pourquoi il décida de quitter son compagnon lorsqu'il se jugea suffisamment fort pour affronter les difficultés de la vie en solitaire, après un an et demi de travail en commun. L'épisode de la séparation fut la preuve pour Jonathan de l'achèvement de son évolution.

Le garçon âgé alors de dix-neuf ans, s'était trouvé face à un Nicolas totalement bouleversé et incapable de comprendre les motivations de son partenaire. Celui-ci était passé de la colère à la supplique, allant jusqu'à avouer qu'il n'avait jamais éprouvé un amour aussi fort afin de le faire changer d'avis. Mais Jonathan avait pris sa décision de manière irréversible. Il lui restait de la période qui suivit, le souvenir de moments assez difficiles.

Il avait loué une chambre qu'il ne pouvait pas utiliser pour "travailler" et il devait faire usage des endroits les plus sordides et les plus dangereux afin d'exercer sa profession. C'est ainsi que commença à germer peu à peu dans son esprit l'idée de recourir à des annonces dans des quotidiens. Et quelle idée ! Il leva son verre devant lui, comme s'il trinquait avec un compagnon invisible et dit avant d'avaler le restant de Malibu d'un trait : "Jonathan, tu es un génie !" Il regarda alors sa montre et constata qu'il disposait d'une demi-heure avant que son client n'arrive. Il avait largement le temps de se préparer. Il se leva et se dirigea d'un pas tranquille vers la salle de bains en sifflotant.

- Ne t'inquiète pas maman ! J'ai pensé à tout. Il ne me reste plus qu'à récupérer les billets à l'agence demain matin et à nous les pyramides ! Je t'embrasse !

Jonathan reposa le combiné, envahi par un délicieux sentiment d'euphorie. Dans deux jours, ils s'envoleraient pour des contrées exotiques loin du mauvais temps et des tracas de la vie quotidienne. Il était heureux de pouvoir enfin offrir à sa mère cette croisière sur le Nil dont elle avait tant rêvé pendant des années. Elle méritait bien cette attention de sa part. C'était une femme fantastique, dotée d'une compréhension peu commune. Elle l'avait prouvé le jour où Jonathan lui avait annoncé qu'il était homosexuel. Il avait longuement hésité avant de se décider à lui faire part de ce secret devenu trop lourd pour lui. Il le lui avait avoué un soir après qu'ils eurent fini de dîner, quelques semaines seulement après son dix-huitième anniversaire. Elle lui tournait le dos, occupée à rincer les assiettes au-dessus de l'évier. Il avait profité de cet instant, ayant trop peur de ne pouvoir s'exprimer si elle lui faisait face. "Maman, j'ai quelque chose à te dire." Elle avait senti qu'il s'agissait de quelque chose d'important car elle avait arrêté de faire couler l'eau immédiatement. Il lui avait alors annoncé avant qu'elle n'ait eu le temps de se retourner : "Je suis homosexuel." Aussi simplement que ça. Elle était restée immobile quelques secondes, mais cela avait semblé une éternité pour le garçon qui interprétait cette attente comme le calme avant la tempête. Elle s'était alors tournée vers lui, toujours sans prononcer un mot mais son visage n'exprimait ni la colère, ni l'étonnement. Il avait repris, les yeux fixés sur la table pour éviter de rencontrer son regard : "Ça fait plus d'un an que je le sais mais je n'ai pas osé te le dire jusqu'ici. Voilà, maintenant c'est fait." Elle s'était assise près de lui avec des gestes lents et lui avait relevé le menton délicatement afin de pouvoir le regarder en face, puis elle avait dit d'une voix aux intonations douces : "Mon chéri, pourquoi as-tu attendu si longtemps pour me le dire ? Je suis ta mère. Si moi je ne peux pas le comprendre et l'accepter, alors qui le pourra ?" Elle lui avait caressé la joue tendrement du bout des doigts avant de poursuivre : "Mon pauvre amour, comme tu as dû souffrir. Mais je t'aime comme tu es. Homosexuel ou pas, pour moi, cela ne fait pas de différence. L'essentiel est que tu sois heureux." Puis elle lui avait pris la tête entre les mains et avait apposé un baiser sur son front. Jonathan avait alors appuyé son visage au creux de son épaule comme il avait l'habitude de le faire enfant et ils étaient restés dans cette position un long moment, sans dire un mot. Il avait gardé un souvenir inoubliable de cet instant. Mais il n'avait jamais osé, malgré tout, lui faire part de son activité professionnelle et aujourd'hui encore elle le croyait représentant pour une maison de disques. Il y avait une limite qu'il ne pourrait jamais franchir…

Il alla vers l'armoire massive qui occupait une place énorme dans la chambre et approcha une chaise sur laquelle il monta prudemment. Il dut se hisser sur la pointe des pieds afin d'atteindre le dessus du meuble puis il commença à tâtonner à la recherche de la valise qu'il était certain d'avoir placée là lors de son emménagement. Il devait absolument mettre la main dessus car il ne lui restait que la journée du lendemain pour préparer ses bagages. Il était dans cette position plus qu'inconfortable lorsque le téléphone "professionnel" se mit à sonner. "Merde ! jura-t-il entre ses dents. Pas maintenant !" Il touchait la valise du bout des doigts, insuffisamment cependant pour parvenir à la tirer vers lui. Il insista quelques instants mais la sonnerie répétée du téléphone finit par avoir raison de sa patience. "Pourquoi n'ai-je pas branché le répondeur ?" maugréa-t-il en descendant précautionneusement de la chaise. Il entra dans le salon sans précipitation et décrocha l'appareil. "Allô" fit-il d'une voix dans laquelle perçait une certaine irritation.

- Bonsoir Jonathan ! C'est Jean-Luc. Je te dérange ?

"Oh non !" pensa immédiatement le garçon, puis il dit aussitôt d'une manière tout à fait agréable : "Non, pas du tout. Ça fait longtemps."

Jean-Luc était l'un de ses premiers clients et également l'un des plus généreux. Il n'était pas rare qu'il vienne avec un petit cadeau ou qu'il lui donne un supplément à la fin d'une séance afin de lui prouver qu'il appréciait particulièrement ses services. Il était comme ces habitués de maisons closes qui avaient leur putain attitrée avec laquelle ils entretenaient des relations tout à fait spéciales et qu'ils n'auraient voulu changer pour rien au monde. Mais il ne venait pas régulièrement, contrairement à certains clients qui avaient un rendez-vous hebdomadaire fixe. Lui pouvait rester un mois parfois sans donner signe de vie. En revanche, il exigeait toujours de passer le soir même ou le lendemain lorsqu'il se décidait à téléphoner. Jonathan était certain qu'il allait en être de même dans le cas présent.

- J'ai eu un travail vraiment fou ces dernières semaines, reprit Jean-Luc. Je suis complètement crevé. Je me sens tendu… partout. Il insista lourdement sur le dernier mot. J'ai vraiment besoin d'un bon massage. C'est possible demain soir ?

"Bingo !" pensa Jonathan, qui s'en voulait de ne pas avoir branché ce fichu répondeur. Il répondit prudemment :

- Je crains que non… Puis il lâcha aussitôt : "En fait, je vais m'absenter une dizaine de jours."

- Aïe, fit l'homme à l'autre bout de la ligne. Ça tombe plutôt mal. Et ce soir ?

- Désolé, mais je suis complet ce soir.

Jonathan mentait effrontément mais il n'avait aucune envie de travailler aujourd'hui. Il avait prévu de passer une soirée tranquille et il ne voulait pas changer ses plans, même pour un client particulier comme Jean-Luc, qui avait droit à certains égards. En fait, il brûlait d'envie de lui dire d'aller se faire voir ailleurs, dans tous les sens du terme, mais il devait faire preuve de diplomatie. L'autre reprit, d'une manière traînante comme s'il attendait un geste de sa part :

- Ça tombe mal, vraiment mal. C'est dommage. Mais il n'y a pas grand-chose à faire. Je suppose que tu ne peux pas retarder ton départ… Non, je n'ai pas de chance voilà tout.

Le garçon commençait à regretter d'avoir refusé de le recevoir le soir même, mais il ne voulait pas revenir en arrière. Il ne savait que dire à Jean-Luc pour lui montrer sa compassion et il attendait bêtement que celui-ci se décide à raccrocher lorsqu'il lui vint soudain une idée.

- Il y aurait bien une possibilité… se hasarda-t-il.

- Laquelle ? demanda aussitôt son interlocuteur chez qui cette allusion avait immédiatement éveillé l'intérêt.

- J'ai un ami… commença Jonathan, un très bon ami, s'empressa-t-il de préciser, ne laissant pas le moindre doute quant à la nature de cette amitié. Il savait que la perspective d'un autre garçon n'allait pas emballer Jean-Luc, aussi devait-il procéder avec prudence. Je le garantis personnellement car je l'ai formé moi-même. Il était vierge à vrai dire lorsque je l'ai connu. Il pourrait peut-être me remplacer pour une fois.

- Jonathan, ce n'était pas vraiment le genre de possibilité à laquelle je m'attendais.

- Non, je m'en doute bien, mais ce garçon est absolument exceptionnel, c'est pourquoi je pensais que, pour une fois… pour une fois seulement…

- Comment est-il ? s'enquit Jean-Luc, à la grande joie du prostitué.

- Il te plaira sûrement. Il est beau comme un dieu, il a des traits fins et il est d'une douceur exceptionnelle.

- Tu n'as pas peur de perdre un client s'il a tant de qualités ? demanda Jean-Luc malicieusement.

- Je prends le risque. En fait, il n'est pas vraiment dans le métier. Il ne le fait que de temps en temps pour m'aider, mais il est vrai que s'il se décide un jour, j'aurais un concurrent sérieux. Alors, ça t'intéresse ?

- Et comment donc ! Si tu le recommandes...

- O.K., fit Jonathan, soulagé. Je vais essayer de le contacter en fin d'après-midi, après ses cours car il va encore au lycée. Oh, c'est vrai, j'oubliais un détail : il est mineur. J'espère que cela ne te dérange pas ?

- Non non, pas du tout ! s'empressa de dire Jean-Luc, confirmant Jonathan dans son idée que cette caractéristique ne serait pas pour lui déplaire.

- Rappelle-moi ce soir vers huit heures, fit-il pour conclure, je te dirai ce qu'il en est.

- Compte sur moi, répondit Jean-Luc, il n'y a pas de danger que j'oublie. À ce soir !

Jonathan raccrocha, satisfait. Il ne lui restait plus qu'à mettre la main sur Alexandre...

Alexandre referma la porte d'entrée d'un geste las et se dirigea d'un pas nonchalant vers le téléphone qui résonnait avec insistance dans le vestibule. Il aimait prendre son temps lorsqu'il arrivait du lycée et le fait d'avoir à répondre au téléphone avant même d'avoir enlevé son blouson l'irritait au plus haut point. Il prit tranquillement le temps de déposer son sac sur une chaise, espérant que ces quelques secondes supplémentaires suffiraient à décourager l'importun. Mais l'appareil sonna une fois de plus et il se résigna à décrocher le combiné.

- Allô, dit-il sur un ton peu amène.

- Ah, quand même ! Tu te décides ! fit une voix impatiente dans l'écouteur. Le visage d'Alexandre s'éclaira lorsqu'il reconnut son interlocuteur. "Jonathan !" s'écria-t-il enthousiaste puis ses traits se rembrunirent aussitôt.

- Que se passe-t-il ?

Ils avaient convenu depuis le début de leur relation que Jonathan ne devait l'appeler qu'en cas de nécessité absolue, ceci afin d'éviter tout contact avec les parents du garçon.

- Il n'y a rien de grave, ne t'inquiète pas, le rassura immédiatement Jonathan. J'aimerais simplement que tu me rendes un petit service.

Il lui rapporta brièvement la conversation qu'il avait eue avec Jean-Luc et l'embarras dans lequel il se trouvait.

- Il ne peut pas attendre dix jours ? demanda Alexandre qui ne voyait vraiment aucun problème dans cette situation.

- Bien sûr qu'il pourrait, tout comme il pourrait faire appel à quelqu'un d'autre, reconnut Jonathan, mais ce type-là est plus qu'un client pour moi et j'aimerais pouvoir le satisfaire d'une manière ou d'une autre.

- Je comprends ce que tu ressens, fit Alexandre, mais pourquoi me mêler à ça ? Tu sais bien que je ne veux pas me prostituer, même occasionnellement. Nous en avons déjà parlé et tu connais parfaitement ma position sur ce sujet.

- Oui, je sais et j'ai juré de ne jamais te demander... mais là, c'est un cas spécial.

- Cas spécial ou pas, c'est non, répliqua le garçon fermement.

- Tu ne peux pas me laisser tomber, Alex. Juste une fois, et après, terminé. Je ne te le demanderai jamais plus, c'est promis.

- Je sais pertinemment que si j'accepte cette simple fois, tu me le redemanderas dans d'autres occasions.

- Non, je te le promets. Juste une fois, bon sang ! s'emporta Jonathan. Écoute, Alexandre, quand je te refile de la came, tu es bien content, non ? Je ne t'ai jamais demandé quoi que ce soit pour ça, tu sais pourtant que ce n'est pas donné. Alors, je pense que pour une fois, tu pourrais faire quelque chose pour moi en retour.

- Là, tu es vraiment dégueulasse ! fit Alexandre que l'attaque de Jonathan avait touché bassement. Il n'aurait jamais cru que son compagnon puisse lui parler ainsi et il réalisa en cet instant que l'amour avait des limites et que rien n'était jamais gratuit. Tout était donnant donnant. Il finit par lâcher, écœuré :

- D'accord, je le fais, mais je te préviens : c'est la première et la dernière fois.

- Je te le promets ! répliqua Jonathan, soulagé d'avoir gagné la partie. Tu verras, c'est un type super sympa et loin d'être moche en plus. C'est pas un gros lard ni un vieux chnoque qui se déglingue de partout.

- J'espère bien, sinon, je me retire, fit Alexandre avant de se raviser soudainement. Euh… maintenant que j'y pense, demain soir, ce n'est pas possible. J'ai une dissert à remettre après-demain…

- Et après-demain, alors ? demanda aussitôt Jonathan qui ne comptait pas abandonner aussi facilement.

- Tu m'as dit qu'il voulait demain soir, répondit l'adolescent, cherchant à échapper à cette situation par tous les moyens.

- Demain, après-demain… grommela Jonathan que la mauvaise volonté d'Alexandre commençait à agacer sérieusement. Il prendra ce qu'on lui donnera. Bon, alors je lui dis OK pour après-demain ?

Alexandre ne pouvait plus se dérober et finit par donner son accord définitif d'un ton las.

- Super ! fit Jonathan à nouveau enthousiaste. Tu peux venir ici pour que je t'explique un peu comment ça doit se passer. Ce sera plus pratique qu'au téléphone.

- Oui, oui, répondit Alexandre qui se sentait subitement comme un boxeur qui pense avec appréhension au combat difficile qu'il doit livrer le lendemain. Tu me laisses au moins le temps de prendre une douche ?

- Bien sûr, ma puce ! Tu viens quand tu veux !

- J'arrive d'ici une heure. Ciao !

Alexandre raccrocha et se débarrassa enfin de son blouson et de ses chaussures avant de se diriger vers la chambre qu'il occupait au fond de l'immense couloir. Il n'y avait personne évidemment dans le somptueux appartement de trois cents mètres carrés que ses parents possédaient près de la place des Vosges, en plein cœur du Marais. Ils étaient tous deux très occupés avec leurs fonctions respectives et ne rentraient jamais avant dix-neuf ou vingt heures, tout au moins en ce qui concernait sa mère, son père arrivant souvent bien plus tard. Alexandre avait été habitué très tôt à être livré à lui-même, mais il avait toujours souffert de ce manque de contacts familiaux. Les rares moments de bonheur à trois s'étaient limités à quelques heures le week-end, lorsque par chance aucun des deux parents n'avait dû s'absenter subitement. Il avait alors cherché à échapper à ce monde sans chaleur en se réfugiant dans la télévision et surtout les jeux vidéo qui étaient devenus rapidement sa grande passion. Il n'avait par contre jamais manqué d'argent de poche et avait toujours reçu à chaque anniversaire et à Noël une quantité de cadeaux à faire pâlir d'envie n'importe quel gosse le plus blasé. Ses parents avaient cru sincèrement le combler, à l'image de bon nombre de leurs congénères qui disposaient de plus d'argent que de temps et qui ignoraient que le bonheur d'un enfant ne se résume pas à des biens matériels. L'adolescent d'à peine seize ans alors, avait été une proie facile pour un garçon expérimenté comme Jonathan lorsqu'ils s'étaient rencontrés quelques mois auparavant.

Jonathan dégustait un cappuccino comme il en avait l'habitude en début d'après-midi dans un petit café de la place de la Contrescarpe, si particulière avec sa taille minuscule et les quelques clochards qui y avaient établi leur résidence. Il avait immédiatement remarqué le garçon charmant aux grands yeux bruns si doux, qui était entré avec un air timide. Celui-ci s'était dirigé vers le bar et avait commandé poliment un coca-cola, puis il avait pris sa boisson et était passé devant Jonathan à grands pas, sans jeter le moindre regard autour de lui. Il s'était arrêté devant un appareil de jeux vidéo à quelques mètres de là et avait glissé des pièces de monnaie dans l'emplacement approprié avant de concentrer son attention sur l'écran. Jonathan avait pu l'observer tout à loisir pendant de longues minutes. C'était indiscutablement un beau garçon. Il était élancé et avait des cheveux mi-longs, fins et très noirs qui s'accordaient parfaitement avec son teint mat. Son nez était aquilin et le menton aux contours délicats était agrémenté d'une fossette en son milieu que Jonathan avait jugée tout à fait charmante. Ce dernier s'était levé et s'était approché de lui silencieusement. Il avait alors observé les mouvements des engins spatiaux sur l'écran qui produisaient un flash chaque fois qu'ils étaient atteints par les missiles destructeurs lancés avec adresse par le garçon.

Celui-ci était totalement concentré sur l'écran et ne portait pas la moindre attention à Jonathan. Il avait continué de détruire méthodiquement les vaisseaux ennemis, accumulant les points à un rythme affolant. Jonathan n'avait jamais éprouvé d'attirance pour ce type de jeux beaucoup trop agressifs à son goût. Il avait bien essayé deux ou trois fois mais il s'était révélé très rapidement un joueur plus que médiocre. Ce jour-là, il avait dû se faire violence pour demander à l'adolescent s'il pouvait participer, mais c'était là le seul moyen à sa disposition pour parvenir à entrer en contact avec lui. Il avait joué très mal, bien sûr, ne résistant aux attaques adverses que quelques dizaines de secondes là où Alexandre jouait de longues minutes sans discontinuer. Mais loin de représenter un handicap, cela l'avait considérablement servi car le ridicule de sa prestation avait beaucoup amusé son compagnon de jeu et lui avait permis de faire preuve d'humour en se tournant lui-même en dérision. Ils avaient continué pendant près d'une demi-heure, puis Jonathan avait finalement déclaré forfait, estimant son effort largement suffisant. Il avait proposé un verre à l'adolescent qui avait accepté sans difficulté et ils s'étaient assis à une table pour commander. Jonathan avait su trouver rapidement le ton juste pour gagner la confiance du garçon. Il l'avait questionné adroitement sur divers aspects de sa personne et il s'était vite rendu compte combien celui-ci appréciait l'intérêt dont il était l'objet. Ce dernier lui parla longuement de sa vie d'élève de seconde au lycée Henri IV, un établissement réputé qui en disait long sur la qualité sociale de sa famille. Il n'en finissait pas de raconter des anecdotes sur ses camarades de classe et de décrire avec ironie les tics de ses professeurs. Il aurait pu parler ainsi pendant des heures, Jonathan en était persuadé, s'il n'avait pas dû retourner au lycée pour assister à un cours d'allemand. Ils avaient néanmoins convenu d'un rendez-vous dans le même endroit deux jours plus tard afin que Jonathan puisse prendre sa revanche, c'était en tout cas la raison que celui-ci avait avancée. Ils s'étaient donc retrouvés devant l'appareil tant détesté par le prostitué, qui, une fois de plus, subit une cuisante défaite. Ils s'étaient installés à une table après quelques parties dont l'intérêt avait été rendu inexistant par la trop grande différence entre les deux joueurs, et ils passèrent un long moment à discuter en buvant un jus de fruits. Jonathan, à qui Alexandre avait posé des questions concernant ses activités, avait raconté qu'il était violoniste dans un orchestre de banlieue. L'adolescent avait été visiblement impressionné, bien qu'il eût avoué ne rien connaître à la musique classique.

Jonathan lui avait alors proposé de venir chez lui découvrir les charmes incomparables de ce genre musical à l'aide de quelques morceaux choisis. Le garçon avait accepté, non sans avoir précisé au préalable qu'il ne pouvait pas rester longtemps à cause de devoirs qu'il devait remettre au lycée le lendemain. Ils s'étaient donc retrouvés dans l'appartement du prostitué, rue Saint-Jacques, une dizaine de minutes plus tard. Ce dernier s'était montré très prudent, prenant garde de ne pas faire un geste ou dire un mot qui aurait pu être mal interprété. Il ne voulait pas tout gâcher par sa précipitation. Ils avaient essentiellement parlé musique, classique tout d'abord lorsque Jonathan avait exhibé son violon et fait entendre quelques-uns de ses morceaux préférés puis moderne, après que l'adolescent eut découvert la collection impressionnante de disques compacts qu'il possédait et qui comptait tous les hits les plus récents. Il avait demandé à en emprunter quelques-uns, ce que Jonathan s'était empressé d'accepter, tenant là un excellent prétexte pour un nouveau rendez-vous. Ce fut Alexandre lui-même qui suggéra de les ramener le samedi suivant.

Il était arrivé en tout début d'après-midi, avec une heure d'avance par rapport à ce qu'ils avaient convenu. Jonathan s'était félicité de n'avoir pas de rendez-vous avec un client à ce moment-là, tout comme il était content que son jeune compagnon montrât autant d'enthousiasme à son égard. Celui-ci avait apporté comme promis les disques empruntés, mais il avait également quelques volumes de sa propre collection qu'il voulait absolument faire découvrir à son nouveau compagnon.

Il avait placé l'un d'eux sur la platine laser pendant que Jonathan préparait un cocktail de son invention, particulièrement doux, comme il avait précisé. Il était venu s'asseoir en face de l'adolescent à qui il tendit un des verres remplis d'une mixture aux couleurs étranges, puis ils avaient trinqué en se souriant mutuellement.

Les yeux de Jonathan brillaient d'une lueur particulière tandis qu'il fixait Alexandre intensément, ne cachant rien cette fois de ses pensées à son encontre. Cette attitude avait fait monter une rougeur vive aux joues du garçon qui avait détourné le regard sur son verre avant de le porter à ses lèvres d'un geste nerveux. Jonathan avait remarqué le trouble dont il était la cause avec une certaine satisfaction et il s'était décidé à porter rapidement une attaque décisive.

L'adolescent avait reposé son verre et l'avait complimenté pour la qualité de son cocktail. Ce faisant, leurs yeux s'étaient rencontrés encore une fois, mais Alexandre avait à nouveau détourné le regard très rapidement. Jonathan s'était alors approché du jeune garçon et l'avait saisi par le menton afin de le contraindre à tourner son visage vers lui. Il avait plongé ses yeux dans les siens et lui avait demandé d'une voix pleine de douceur : “Qu'y a-t-il Alexandre? Je te fais peur? Il n'y a aucune raison d'avoir peur. Je ne veux que ton bien.” L'adolescent, dont le corps était tendu à l'extrême, n'osait pas faire un geste. “Tu ne crois quand même pas que je voudrais te faire du mal?” avait repris Jonathan puis il avait porté son index sur les lèvres du garçon et en avait suivi le contour délicatement. “Quelle bouche admirable” avait-il murmuré de sa voix caressante. “Une bouche faite pour le baiser.” La respiration de l'adolescent s'était accélérée sensiblement et le sang s'était mis à battre violemment à ses tempes. Jonathan avait avancé lentement son visage vers celui du garçon et était venu déposer un tendre baiser sur ses lèvres qui esquissèrent un timide retrait au moment du contact. Elles restèrent obstinément closes tout le temps que dura l'attouchement mais Jonathan, prudent, n'essaya pas de forcer leur passage. Il savait que la partie était gagnée à condition qu'il procédât avec prudence.

Il s'était enfin écarté, en fixant à nouveau l'adolescent qui n'avait toujours pas fait un geste. Il lui avait souri tendrement et lui avait caressé la joue avant de suivre le contour de son visage du bout des doigts. “Laisse-toi aller, avait-il murmuré, ça ne sert à rien de lutter contre ses désirs.”

Il avait continué à le regarder durant quelques secondes puis il avait à nouveau avancé son visage vers lui jusqu'à ce que sa bouche vienne se poser sur ses lèvres. Celles-ci avaient commencé à se mouvoir imperceptiblement puis elles s'étaient enfin écartées, apportant définitivement la preuve de son succès à Jonathan malgré la raideur qui habitait toujours le garçon. Mais le prostitué savait que c'était là, chose naturelle, et qu'il allait encore devoir faire preuve de beaucoup de patience et de douceur. C'est pourquoi il n'avait pas tenté de dépasser le stade des baisers cette fois-là.

Par la suite, il avait continué à faire montre de la même attention et du même respect vis-à-vis de son nouvel amant, si bien que les sentiments de celui-ci étaient devenus rapidement très forts, tellement forts qu'il avait accepté le fait que Jonathan soit prostitué lorsque ce dernier lui avait avoué la nature exacte de ses activités. Jonathan s'y était résolu assez vite afin d'éviter tout problème. Il ne voulait pas qu'Alexandre passe chez lui à l'improviste tandis qu'il était occupé avec un client. Le garçon avait bien sûr été profondément choqué par les révélations de son compagnon, voire écœuré. Il l'imaginait dans les bras de vieux débris immondes qui assouvissaient leurs fantasmes les plus pervers sur lui tandis que la bave leur coulait le long des lèvres… Il n'avait jamais compris que Jonathan puisse s'abaisser à de telles extrémités mais il n'avait pas voulu cesser de le voir pour autant. Par contre, il s'était bien juré de ne jamais en faire de même. Et aujourd'hui, il se retrouvait sur le sofa où Jonathan l'avait séduit afin de discuter d'un client dont il allait devoir lui-même prendre soin !

* * *

Il faisait tourner le verre lentement entre ses doigts, s'amusant à le pencher parfois sur le côté, comme s'il voulait en renverser le contenu au goutte à goutte. C'était là un excellent moyen de diversion pour éviter de regarder Jonathan en face et cacher ainsi la gêne qui l'habitait.

- Alors, tu l'as appelé ? demanda-t-il d'une voix blanche qui trahissait son émotion.

- Non, répondit Jonathan qui était assis juste en face de lui. Tu sais bien que je n'ai jamais le numéro de téléphone d'un client. C'est lui qui doit me rappeler vers huit heures. Tu es toujours d'accord ?

- Oui, oui. Je te l'ai déjà dit, maugréa le garçon, les yeux toujours rivés sur son verre. Puis il releva la tête et regarda enfin son interlocuteur. Mais uniquement après-demain, c'est bien entendu ? Sinon, il va se faire voir ailleurs.

Jonathan acquiesça de la tête.

- En plus, c'est un vendredi, reprit Alexandre. Ça me laisse tout le week-end pour récupérer. Je vais en avoir besoin.

- Ne t'inquiète pas, ce n'est pas du tout ce que tu imagines. Tu t'en fais une montagne mais quand tu verras le type, tu ne le regretteras pas. Il est près de la cinquantaine mais il est super bien conservé et il a énormément de charme.

- S'il est si bien que ça, pourquoi est-ce qu'il va voir les putes ? demanda l'adolescent sur un ton agressif.

- Je suppose que c'est plus pratique pour lui que de draguer dans un bar. Il n'a peut-être pas de temps à perdre à chercher un partenaire. Avec quelqu'un comme moi, il sait qu'il n'a qu'à appeler.

- Pas toujours, la preuve ! fit remarquer immédiatement Alexandre.

Jonathan préféra ignorer l'intervention acide du garçon qui avait simplement besoin d'exprimer son mécontentement et il reprit calmement :

- Bon, laisse-moi t'expliquer tranquillement, maintenant. Le type s'appelle Jean-Luc, enfin... c'est ce qu'il dit. En général, les clients sont assez discrets sur leur vie privée et ils racontent toujours des conneries. Mais c'est pas mon problème. Tant qu'ils paient, ils peuvent dire ce qu'ils veulent. Passons. Il y a deux règles importantes à respecter. Première règle : ne pose jamais de questions personnelles. Ça peut gêner le client. Tu le laisses parler et tu fais simplement mine d'être intéressé par ce qu'il raconte, même si tu n'en as rien à foutre. N'oublie pas que tu es à son service.

- Comment peux-tu t'abaisser à faire ça ? demanda l'adolescent avec dégoût.

- Quand tu verras combien ça rapporte, tu comprendras. Je te laisse la surprise. Jean-Luc sait combien il doit payer et s'il est vraiment satisfait, je ne serais pas étonné qu'il te file une bonne rallonge. Évidemment, tout est pour toi. Deuxième règle : ne raconte rien de ta vie privée. Tel que je connais Jean-Luc, il va sûrement te questionner sur ce que tu fais, comment on s'est connus, etc. Je lui ai déjà dit que tu étais lycéen et mineur, pour l'appâter un peu plus, mais il ne sait rien d'autre. Alors, ne va pas lui dire où tu habites ni dans quel bahut tu vas, par exemple. Moins ils en savent, mieux c'est. Ne lui dis pas que tu n'as pas le droit de parler de ta vie privée, mais raconte n'importe quoi, invente, dis ce qui te passe par la tête.

- Je ne suis pas aussi con que j'en ai l'air, merci, fit l'adolescent vexé par les propos de son compagnon.

- Je sais, mais je préfère t'avertir quand même, répondit celui-ci en lui ébouriffant les cheveux, ce qui eut le don de l'agacer prodigieusement. Il détestait que son amant le traite comme un enfant.

- Une dernière chose, reprit Jonathan, il faut te trouver un prénom. Ce n'est pas nécessaire qu'il sache ton vrai nom. Alors s'il y a un prénom qui te vient en tête, n'hésite pas.

- Super ! Comme un acteur qui a un nom d'artiste ! ironisa l'adolescent. Nabuchodonosor, tu crois que ça va ?

- Arrête de déconner ! fit Jonathan avec un large sourire. Il faut te trouver quelque chose de sympa. Qu'est-ce tu penses de Sébastien ?

- Mmmmh… ouais. De toute façon, c'est pas si important que ça.

- Si, parce que s'il me demande comment tu t'appelles au téléphone, il vaut mieux que l'on dise la même chose. Alors, OK pour Sébastien ?

- Alexandre fit un signe affirmatif de la tête.

- Bien, reprit Jonathan, satisfait. Maintenant, je vais t'expliquer ce que tu vas faire…

Alexandre ouvrit péniblement un œil et essaya de repérer le réveille-matin sur la table de nuit. Il le localisa enfin et dut faire un effort pour déchiffrer les chiffres rouges qui indiquaient l'heure. "Merde ! jura-t-il en repoussant les draps d'un coup sec. Dix heures ! Mais qu'est-ce que j'ai foutu ?" Il s'assit sur le bord du lit et se frotta les yeux longuement. Il se rappelait parfaitement avoir enclenché la sonnerie juste avant de se coucher. Il avait dû l'arrêter sans s'en rendre compte lorsqu'elle s'était mise en marche à sept heures et demie et il s'était sûrement rendormi de suite, ce qui n'avait rien de surprenant après la nuit agitée qu'il avait passée.

Il s'était tourné et retourné dans le lit pendant des heures sans parvenir à trouver le sommeil, hanté par la perspective du rendez-vous du lendemain et lorsqu'il avait enfin réussi a s'endormir, les cauchemars étaient arrivés. Il se remémorait les visions d'horreur de la nuit avec une telle netteté qu'il en avait des frissons. Il était poursuivi par des dizaines d'hommes dénudés, dont certains étaient des vieillards au corps décharné qui les faisait ressembler à des zombies. Ils se ruaient sur lui, les yeux exorbités et les traits déformés par l'effort qu'ils déployaient pour tenter de l'attraper. Il entendait leurs cris tandis qu'il essayait désespérément de leur échapper : "Alexandre, attends-nous ! Nous avons de l'argent, beaucoup d'argent ! Attends-nous !"

Il se leva d'un bond et se précipita dans la salle de bains. Il avait déjà raté deux heures de cours et il devait se dépêcher un peu s'il ne voulait pas en manquer une troisième. Il fit une toilette rapide, se contentant de s'asperger le visage et le torse d'eau froide puis il revint dans la chambre où il enfila en vitesse les vêtements propres qu'il réussit à trouver dans le désordre indescriptible qui régnait. Moins de deux minutes plus tard, il était dehors. Il courut jusqu'à la station de métro, heureusement à moins de deux cents mètres de là, et s'y engouffra à toute allure. Il sauta par-dessus le tourniquet, ne voulant pas perdre de temps à chercher un ticket et dévala prestement les quelques marches qui menaient au quai. Par chance, il y avait une rame et il sauta dans le wagon le plus proche. Il n'y avait pas trop de monde à cette heure-ci et il n'eut aucune difficulté à trouver une place assise. Il se laissa tomber lourdement sur le siège et essaya de reprendre son souffle.

Il pouvait enfin se détendre et il laissa son regard errer sur les autres passagers tandis que la rame s'ébranlait lentement. C'est alors que les pensées concernant son rendez-vous lui revinrent à l'esprit, comme si elles étaient restées tapies au fond de son cerveau et avaient attendu le premier moment de relâche de sa part pour réapparaître sournoisement. Son regard s'arrêta sur les quelques hommes d'âge mûr qui étaient dans le compartiment et il se représenta Jean-Luc en chacun d'eux. Il imaginait leur bouche se poser sur ses lèvres et leurs mains caresser son corps sur toute sa surface tandis que leur sexe dressé attendait une attention de sa part. Il ne comprenait pas comment il avait pu accepter la proposition de Jonathan. Il ne se sentait pas du tout en mesure de pouvoir tenir sa promesse.

Il était déjà dégoûté par la simple pensée de ce qu'il devait faire, qu'en serait-il au moment de passer à l'acte? Trouverait-il le courage nécessaire pour mener sa mission à bien? Et après, comment sera-t-il? Il ne pourrait probablement plus jamais se regarder dans une glace.

Il avait déjà eu de nombreux problèmes de conscience depuis qu'il était avec Jonathan. Il avait été séduit par le charme et la gentillesse du garçon et le sentiment qu'il avait rapidement éprouvé pour lui était sans aucun doute de l'amour, mais il n'avait jamais cessé de se poser des questions quant à la légitimité de cet amour. Il avait senti confusément depuis le début que cette liaison n'était pas naturelle et un déplaisant sentiment de culpabilité l'avait habité constamment même si son besoin de voir Jonathan avait toujours été le plus fort. Mais dans le cas présent, il s'agissait de quelque chose de tout à fait différent et il n'était pas vraiment certain de pouvoir surmonter l'épreuve.

Le métro arrivait enfin à la station du Châtelet où il devait changer de ligne. Il dut à nouveau courir à travers les couloirs immenses de la station, mais ce court intermède lui permit pour le moins d'oublier ses problèmes, l'espace d'un instant.

Sa journée au lycée fut laborieuse. Il ne parvint pas à se concentrer sur un seul de ses cours et la sonnerie venant ponctuer la fin de la dernière heure fut accueillie avec soulagement.

Le chemin du retour fut plus pénible que l'aller car il sentait que l'échéance se rapprochait inexorablement. Lorsqu'il arriva chez lui, un peu avant dix-sept heures, il fila directement dans sa chambre et s'installa devant son ordinateur, espérant trouver refuge dans les jeux vidéo comme chaque fois qu'il avait un problème. Mais cette fois-ci, la magie n'opéra pas. Des pensées parasites venaient sans cesse perturber son attention et il préféra arrêter rapidement devant la médiocrité des résultats obtenus. Il s'allongea sur le lit, fixant le plafond de ses yeux grands ouverts sans le voir. Il ne pouvait pas continuer à se désespérer ainsi durant les deux heures qui lui restaient avant de se rendre à l'appartement de Jonathan. Il fallait qu'il fasse quelque chose ou il allait devenir fou. Il se leva sous le coup d'une impulsion subite et se dirigea vers le vestibule. Il ne pouvait pas rester là, c'était la seule chose dont il était sûr. Il prit son blouson et sortit. Il marcha longtemps, passant d'un quartier à l'autre sans s'en rendre compte, insensible à la pluie glaciale qui tombait sans répit…

Ses pieds bougeaient nerveusement sous la table de salon tandis qu'il se forçait à lire une bande dessinée qu'il avait trouvée sur une étagère. Habituellement, Alexandre appréciait énormément ce genre littéraire, mais aujourd'hui, il n'y prenait aucun plaisir. Il regarda pour la centième fois la pendule murale fixée au-dessus de la porte. 19 h 45. Encore un quart d'heure ! Pourquoi le temps s'écoulait-il si lentement ? Il en avait assez de cette attente angoissante. Plus vite son client arriverait et plus vite il en aurait fini.

Il se pencha vers la table et attrapa le verre de vodka orange qui s'y trouvait. Jonathan serait furieux s'il le voyait. Il lui avait interdit tout alcool avant l'arrivée du client, prétextant avec raison que cela risquait de transparaître dans l'haleine. Mais Alexandre estimait qu'il en avait besoin pour l'aider à surmonter l'épreuve et il n'avait pas résisté à la tentation. Il se leva et alla jeter un coup d'œil par la fenêtre. La rue presque déserte sur laquelle la pluie continuait de tomber inlassablement offrait un spectacle bien triste qui ne pouvait en aucun cas lui remonter le moral. Il vida son verre d'un trait et alla le déposer dans la cuisine avant de revenir se poster devant la fenêtre. Il ne voulait pas simplement s'asseoir et attendre, les yeux constamment fixés sur cette satanée pendule. Il jeta un regard rapide à sa tenue et réajusta le peignoir en soie de Chine qu'il avait enfilé sur les injonctions de Jonathan, bien qu'il se sentît parfaitement ridicule ainsi accoutré.

Il suivait à présent la progression difficile d'une vieille femme sur le trottoir de l'autre côté de la rue. Son regard ne pouvait se détacher de la silhouette courbée à l'aspect fragile pour qui chaque pas semblait représenter un effort surhumain. Il resta plongé dans cette contemplation un temps indéfini et ce fut la sonnerie de l'entrée qui le ramena brusquement à la réalité. Son cœur fit un bond dans sa poitrine et il s'écarta aussitôt de la fenêtre. Il regarda en direction de la pendule qui indiquait huit heures moins trois minutes. Il n'y avait aucun doute quant à la nature du visiteur. Il alla vers la porte à pas traînants et posa une main tremblante sur la poignée. Il prit une profonde inspiration et se composa un visage accueillant comme lui avait fermement conseillé Jonathan, puis il ouvrit lentement. Son sourire se figea à la vue de l'homme qui attendait de l'autre côté de la porte. Ses yeux s'agrandirent d'effroi tandis que ses lèvres se mirent à trembler convulsivement. Le client, l'un des plus assidus et des plus généreux, selon les dires de Jonathan, l'individu alléché par la perspective de sexe avec un mineur, n'était autre que son père !

* * *

Le père et le fils se faisaient face, sans prononcer un mot, avec la même expression d'incrédulité teintée d'horreur dans le regard. Ce fut Alexandre qui réagit le premier. Il claqua la porte à toute volée et se dépêcha de mettre en place le verrou de sûreté, puis il s'appuya le dos contre le mur et resta ainsi sans bouger, les yeux hagards et le souffle court. Il refusait d'admettre ce qu'il venait de voir. Il essayait de se persuader que c'était un cauchemar et qu'il allait se réveiller d'un instant à l'autre mais la voix de son père qui l'appelait de l'autre côté de la porte ne lui laissait aucun doute quant à la réalité de la situation. Celui-ci tambourinait à présent dans le lourd panneau en bois massif en implorant d'un ton désespéré : "Alexandre, ouvre ! J'aimerais te parler ! Ouvre, je t'en prie !" Mais l'adolescent restait immobile, incapable de réagir. Les suppliques de son père lui parvenaient sous la forme d'échos indistincts qui résonnaient à n'en plus finir à l'intérieur de son crâne, comme s'il était ivre. Les coups dans la porte redoublèrent de puissance. "Ouvre, Alexandre !" Le père hurlait maintenant. "Ne fais pas l'imbécile ! Je veux simplement que l'on parle ! Tu ne crois pas que l'on a des choses à se dire ? Mais ouvre, nom de Dieu !" Il ponctua sa dernière phrase d'un coup de pied d'une violence inouïe dans le bas de la porte. "Alexandre, ouvre ou je défonce cette foutue porte ! Tu m'entends ?" Il s'apprêtait à porter un autre coup devant l'absence de réponse lorsqu'une exclamation venant de l'étage inférieur se fit entendre. "C'est pas bientôt fini ce bazar ? Je vais appeler les flics, moi, si ça continue, non mais !" La voix suraiguë dont les intonations criardes accentuaient la vulgarité, semblait appartenir à une femme proche du troisième âge. Celle-ci reprit avec la même verve : "Non seulement y a un va-et-vient perpétuel, mais en plus, ils font du bruit ! Ça commence à bien faire ce cinéma ! Allez-vous-en ! Y a que des gens honnêtes ici, à part cette petite crapule !" La voix se tut enfin, suivie par le claquement sec d'une porte qui se ferme, puis le silence s'installa.

Le père d'Alexandre, désemparé par l'intervention brutale de l'inconnue, resta quelque temps sans faire le moindre mouvement. Il se trouvait dans cet état d'abattement qui succède toujours à une émotion intense. Il regardait fixement la porte derrière laquelle se trouvait son fils, espérant encore, sans vraiment y croire cependant, un geste de dernière minute de sa part. Il comprit devant le silence persistant qu'il était inutile d'attendre plus longtemps et il se décida à quitter les lieux, la mort dans l'âme. Il se dirigea lentement vers l'escalier, sans toutefois perdre la porte de vue. Parvenu à la hauteur de la première marche, il marqua un court temps d'arrêt, comme si un miracle soudain pouvait encore se produire, puis il haussa les épaules de dépit avant de commencer à descendre d'un pas lourd. Alexandre ne bougea pas d'un pouce durant tout le temps pendant lequel il pouvait entendre les pas de son père dans l'escalier. Ce n'est qu'après avoir entendu la grille d'accès de l'immeuble se refermer bruyamment qu'il se laissa glisser mollement le long du mur sur lequel il était appuyé jusque sur le sol, puis il enfouit son visage entre ses genoux et se mit à pleurer silencieusement.

Il n'avait aucune idée du temps pendant lequel il était resté prostré ainsi lorsqu'il releva la tête. Il avait simplement conscience d'une intense fatigue accompagnée d'un mal au crâne épouvantable. Il essaya de se relever mais il dut s'y reprendre à deux fois avant de parvenir à se hisser sur ses jambes, si faibles qu'elles menaçaient de se dérober sous lui. Lorsqu'enfin il put se redresser complètement, il fut pris de vertiges et resta quelques secondes sans bouger. Il regarda la pendule au-dessus de la porte et refusa de croire en l'heure tardive qu'elle indiquait. Cela faisait plus de deux heures maintenant qu'il s'était trouvé face à face avec son père. Il essaya de chasser cette image horrible de son esprit. Il ne devait pas penser à lui, pas maintenant ! Maintenant, il devait dormir, simplement dormir. Il se dirigea à pas traînants vers la chambre à coucher et s'effondra sur le lit comme une masse, sans considération aucune pour le peignoir en soie de Chine si délicat de Jonathan…

Le brouhaha de la clientèle, que la musique ne parvenait pas à couvrir malgré son volume puissant, laissait Bertrand complètement indifférent. Assis sur un tabouret le long du bar, il sirotait un whisky, perdu dans ses pensées. Le miroir situé derrière les rangées de bouteilles lui renvoyait l'image d'un homme effondré, anéanti par le destin. Rien à voir avec la doublure fringante de Richard Gere. Bon nombre de ses connaissances lui attribuaient en effet une ressemblance avec le célèbre acteur américain, bien qu'il s'en soit toujours défendu. Il était vrai qu'il avait la même façon de se mouvoir, pleine de classe et d'assurance distinguée, et que comme lui, il avait des cheveux bruns très épais et des tempes argentées, un contraste étrange qui lui conférait le même charme irrésistible que la vedette. Mais là s'arrêtaient les similitudes. Ses yeux, bien que foncés comme ceux de la star hollywoodienne, avaient une tout autre forme. Ils étaient immenses, comme les yeux d'Alexandre, ce qui lui avait donné l'habitude de dire en plaisantant qu'il tenait là une preuve flagrante de sa paternité. Il avait également fait hériter le garçon de son nez aquilin, mais pas de sa bouche mince aux lèvres fines, presque inexistantes. Celles-ci se refermèrent sur les bords du verre de whisky. Il renversa la tête en arrière d'un coup sec et fit descendre la totalité du liquide au fond de sa gorge. La brûlure occasionnée par le passage soudain de l'alcool lui arracha une grimace qu'il réprima aussitôt avant de commander un autre verre au barman le plus proche. Il savait que s'il continuait ainsi, il ne tarderait pas à être ivre, mais cela lui était égal. Peut-être était-ce là le seul moyen de se remettre du choc causé par sa rencontre dramatique avec Alexandre, un peu moins de deux heures auparavant. La profondeur du désespoir dans lequel il se trouvait était telle qu'il pensait finir par perdre la raison s'il ne s'en échappait pas rapidement.

Son fils se prostituait ! Ces mots résonnaient dans son cerveau comme une litanie incessante. Alexandre, une putain ! C'était monstrueux. Et les circonstances dans lesquelles il avait fait cette découverte n'étaient pas moins écœurantes. Son enfant, car ce n'était encore qu'un enfant, louait son corps et lui était l'un de ces ignobles porcs qui payaient pour en abuser ! C'était une révélation aberrante. Bien qu'il n'ait jamais complètement écarté la possibilité que sa double vie puisse être mise à jour par le plus malencontreux des hasards, il n'avait jamais imaginé, même dans ses élucubrations les plus folles, que cela puisse se produire de cette façon. Il touchait là le fond de l'horreur. S'il y avait un enfer, il devait ressembler à ça.

Le serveur arriva avec le whisky demandé. Il eut à peine le temps de le déposer devant Bertrand que celui-ci s'en empara et le vida d'un trait, comme il l'avait fait avec les précédents. Il serra le verre avec tant de force avant de le déposer sur le zinc que ses jointures en devinrent blanches. Comment Alexandre en était-il arrivé à ça ? N'avait-il pas toujours obtenu de lui et de sa mère tout ce qu'il désirait ? Avait-il jamais manqué de quelque chose ?

Les questions affluaient maintenant à son cerveau à un rythme infernal mais il n'était pas en mesure de trouver de réponses satisfaisantes. Comment l'aurait-il pu, lui qui n'avait jamais été capable de comprendre son propre problème ? Il s'en était pourtant posé des questions sur la nature de ses penchants coupables, pas dans les débuts, car il était plus occupé à essayer de refouler ses désirs qu'à les expliquer, mais par la suite, lorsque ses envies étaient revenues, inexorablement, avec une intensité telle qu'il avait dû finalement renoncer à leur résister.

Pourtant, ça ne datait pas d'hier. Il avait pris plus ou moins conscience de son attirance envers les autres hommes bien avant la naissance d'Alexandre. En fait, il n'en connaissait même pas la mère à l'époque. Il ne se rappelait pas exactement quand ni comment cela avait commencé, mais il était parfaitement sûr d'en avoir ressenti les premiers "symptômes" à Abidjan. Il avait échoué dans la capitale ivoirienne au cours d'un périple qui devait le conduire autour du monde.

C'était l'aboutissement d'un long rêve qu'il avait caressé durant toutes ses années d'études d'architecte décorateur. Sitôt son diplôme en poche, à l'âge de vingt-trois ans, il avait trouvé un emploi dans un petit bureau d'études à Nice, sa ville natale, qui lui avait permis pendant un an d'acquérir l'expérience qui lui manquait et d'économiser suffisamment d'argent pour mettre son projet à exécution. Il était donc parti un beau matin de 68, quelques semaines avant les événements de mai, ce que l'idéalisme qui l'habitait à l'époque lui avait fait beaucoup regretter. Lorsqu'il était arrivé à Abidjan, avec pour seul bagage quelques vêtements entassés pêle-mêle dans un sac à dos acheté au rabais et sa soif d'aventures, rien ne lui avait plu dans cette ville bruyante et poussiéreuse où, à l'instar de nombreuses autres cités africaines, la laideur le disputait à la saleté et jamais il ne serait resté plus des trois jours qu'il s'était impartis si le destin n'avait placé monsieur Morin sur son chemin. Ce sexagénaire alerte était à la tête d'une entreprise de construction et de matériaux de construction qu'il avait créée lors de son arrivée au pays quelque trente années plus tôt. Aussi, lorsqu'il avait appris au cours d'une conversation qu'il avait eue avec Bertrand, dans un bar où il avait rencontré le jeune homme, que ce dernier était architecte décorateur, avait-il entrevu immédiatement les avantages que tous deux pouvaient en tirer et il avait proposé tout naturellement au garçon de travailler en association avec lui. Bertrand avait tout d'abord refusé, peu enthousiasmé par l'idée de mettre un terme à son expédition mais peu à peu il s'était laissé convaincre par les arguments que l'homme avait continué de lui asséner sans relâche et il avait finalement dit oui à la perspective d'une association fructueuse et sans problème que le poids et les nombreuses relations de son partenaire lui assuraient.

Avait alors commencé pour le jeune homme une vie de rêve qui ne lui fit regretter en rien sa décision. Les contacts de son nouveau compagnon avaient effectivement porté rapidement leurs fruits, comme promis, et les talents de Bertrand firent le reste. Il acquit une telle notoriété auprès de gens influents qu'il ne tarda pas à compter des ministres du gouvernement en place parmi ses clients. La prospérité avait tout naturellement accompagné la montée en flèche de sa réputation, dépassant de loin ses espoirs les plus fous. Il s'était parfaitement intégré dans le microcosme bourgeois de la ville. Il était de toutes les fêtes mondaines et avait même fini par avoir ses entrées au palais présidentiel pour lequel ses services furent sollicités.

Les jours s'écoulaient agréablement, partagés entre un travail passionnant et des loisirs non moins attrayants tels qu'équitation, tennis ou golf. Et il y avait bien évidemment les jeunes négresses serviles dont il s'offrait les services pour remplir son lit et ses nuits. Il n'avait aucun mal à mettre la main sur ces jeunes, voire très jeunes filles - rares étaient celles qui avaient atteint l'âge de quinze ans - dans l'un des bars disco branchés de la ville. L'accès à ce genre d'établissement était rigoureusement interdit aux nègres et les seuls hommes de couleur qui s'y trouvaient étaient les serveurs, mais on y laissait volontiers entrer les adolescentes du cru qui correspondaient à des critères de beauté particuliers. Celles-ci venaient en masse de leurs banlieues sordides dans l'espoir de gagner un peu d'argent en échange de leurs faveurs. Bertrand en avait largement profité dans les débuts, bien qu'il n'eût jamais éprouvé d'attirance particulière pour les femmes de couleur, mais c'était là un moyen pratique pour lui de pallier la quasi absence de femmes blanches dans la région, les seules qu'il connaissait étant les sœurs d'une mission catholique venues apporter leur aide à la population locale démunie ou les épouses de diverses personnalités du pays. Et il devait convenir qu'il trouvait un certain plaisir à voir des filles se jeter à ses pieds au moindre claquement de doigts. Mais peu à peu, il avait fini par se lasser de ces coucheries sans intérêt avec ces créatures soumises et sans âme. C'est à cette époque qu'il avait commencé à porter son attention sur les jeunes mâles des environs…

Il s'était surpris plusieurs fois à observer depuis la plage les mouvements virils des nombreux adolescents noirs occupés à récupérer les filets de pêche bourrés de poissons qu'ils avaient tendus le soir précédent. Il avait bien sûr catégoriquement refusé d'admettre l'origine de son intérêt et l'avait mis sur le compte d'une curiosité naturelle qui pousse tout individu solitaire à contempler ses congénères en action. Il fréquenta les bars disco avec une ardeur renouvelée, ramenant une fille, voire deux, à chaque fois, comme pour se prouver à lui-même que sa sexualité ne souffrait d'aucune faille. Mais même dans ces endroits de chasse, il était obligé de se faire violence pour ne pas laisser son regard s'attarder sur les serveurs au lieu des putains bon marché qui attendaient son bon vouloir.

Il vécut alors des mois de tourment, se réveillant parfois le matin avec le souvenir d'avoir rêvé à de jeunes éphèbes. Il commença à perdre l'appétit et devint facilement irritable. Ses amis ne tardèrent pas à noter des changements dans son comportement et il dut prétexter le stress et le besoin de vacances pour les rassurer. Il n'avait dû son salut qu'à l'apparition de Michelle.

Les circonstances de sa rencontre avec celle qui allait devenir sa femme n'avaient pourtant rien de particulièrement plaisantes, tout au moins en ce qui le concernait. Il s'était foulé la cheville en jouant au tennis avec un ami et ce dernier avait dû le conduire à l'hôpital, Bertrand étant incapable d'utiliser sa voiture lui-même. Assis dans un couloir uniformément blanc, il pestait contre le mauvais sort et la douleur lancinante qu'il ressentait lorsqu'elle était apparue… Il s'était tu immédiatement à son approche, subjugué par la grâce qui émanait d'elle malgré la blouse informe sous laquelle il devinait un corps élancé aux proportions idéales. Arrivée à sa hauteur, elle s'était présentée et lui avait demandé la raison de sa venue d'une voix aux intonations douces mais assurées qui laissaient deviner une forte personnalité. Elle avait alors examiné la cheville dont l'aspect difforme lui avait permis de faire le diagnostic rapidement : "C'est une belle entorse. Bravo, vous ne vous êtes pas raté !" Ayant dit, elle avait levé ses magnifiques yeux bleus vers les siens et l'intensité de son regard lui avait fait complètement oublier sa douleur l'espace d'un instant. Elle avait alors demandé à l'ami toujours présent d'aider Bertrand jusqu'à la salle de soins et, tandis qu'elle les précédait dans le couloir, celui-ci avait glissé à l'oreille du blessé : "Dis donc, tu sais que j'aimerais bien être à ta place !"

Bertrand avait été incapable de prononcer un mot pendant qu'elle était occupée à lui plâtrer la jambe, fasciné qu'il était par ses longs cheveux blonds qui encadraient un visage parfait, aux traits d'une finesse à laquelle il n'était plus habitué. Lorsqu'il avait senti qu'elle en avait presque terminé avec lui, il avait voulu engager la conversation afin de prolonger l'instant et peut-être obtenir un rendez-vous mais les formules qui lui étaient venues à l'esprit avaient semblé tellement surfaites qu'il avait préféré s'abstenir. Il s'était senti comme un retardé qui était incapable de trouver les mots justes pour exprimer ses pensées et il avait ragé intérieurement, parfaitement conscient que cette absence d'imagination était due à sa trop longue fréquentation de filles puériles avec lesquelles il n'était pas nécessaire de se montrer sous son meilleur jour.

Il était reparti malgré tout avec un rendez-vous que Michelle elle-même lui avait fixé. Mais ce n'était pas exactement ce que l'on pouvait appeler un rendez-vous galant. Il était simplement invité à revenir trois semaines plus tard afin de faire retirer son plâtre. Néanmoins, cela signifiait pour lui l'assurance de la revoir et il avait pris congé avec une intense satisfaction. Il n'avait cessé de penser à elle durant les trois semaines qui avaient suivi, convaincu qu'il avait enfin trouvé ce qu'il recherchait. Il avait tout oublié de ses angoisses antérieures quant à une soi-disant homosexualité latente. Il tenait enfin la preuve que ses problèmes n'avaient été que le fruit de son imagination et qu'il était tout à fait normal.

Lorsqu'il s'était trouvé à nouveau face à Michelle, il était parvenu malgré une gêne terrible à formuler une invitation, conscient que cette occasion était la dernière chance qui s'offrait à lui et ce fut avec un immense soulagement qu'il l'avait entendue répondre favorablement.

Leur première soirée en tête à tête deux jours plus tard avait été un enchantement. Bertrand avait réservé une table dans l'un des meilleurs restaurants de la ville et ils avaient dîné aux chandelles dans le décor somptueux d'une ancienne demeure coloniale.

Ils avaient fait chacun le récit de leurs expériences respectives et Bertrand avait découvert avec délice la personnalité passionnante de sa compagne. Bachelière à seize ans et demi, elle avait fait un parcours sans faute jusqu'à l'obtention de son diplôme de docteur en médecine quelque six mois plus tôt, à l'aube de ses vingt-trois ans, ce qui en faisait sans conteste la cadette de sa promotion. Une carrière brillante lui était promise, mais elle avait préféré consacrer une partie de son présent au profit des faibles et des déshérités avant de songer à son avenir. C'est pourquoi elle avait répondu sans hésiter à une proposition de contrat d'une durée de deux ans à Abidjan. Le salaire n'était pas élevé et les conditions étaient loin d'être idéales mais l'utilité de son aide et l'expérience qu'elle en retirait représentaient pour elle un enrichissement d'une tout autre valeur. Ce dosage savant de sagesse et d'idéalisme avait fortement impressionné Bertrand qui se trouvait totalement sous le charme à la fin du repas.

Ils avaient échangé leur premier baiser le soir même… Ils s'étaient revus tous les jours par la suite, du moins tant que leurs emplois du temps respectifs le leur permettaient et Michelle n'avait pas tardé à quitter son appartement de fonction minable près de l'hôpital pour venir habiter dans la luxueuse villa de son amant. Bertrand, qui faisait là l'expérience de la vie commune pour la première fois de son existence, était comblé. À la fin du contrat de Michelle, ils avaient décidé de venir s'installer à Paris et de s'y marier. Le retour dans la capitale française était nécessaire pour satisfaire les ambitions de la jeune femme et c'était une excellente occasion de changer d'air pour Bertrand qui accusait une certaine lassitude à l'égard de la vie africaine.

Les premières années en métropole n'avaient pas été de tout repos. Bertrand avait dû travailler comme un forcené pour conquérir une nouvelle clientèle, tâche qui s'avéra beaucoup plus difficile que prévu malgré les nombreux contacts qu'il avait accumulés à Abidjan. On était en 78 et la crise qui sévissait depuis deux ans avait déjà fait quelques ravages. Michelle, quant à elle, avait décroché un poste dans le service des urgences d'un grand hôpital parisien où elle effectuait une besogne considérable. Cela ne l'avait pas empêchée de se lancer dans une spécialisation en cancérologie que même la naissance d'Alexandre deux ans plus tard avait à peine ralentie. Leurs longues années de travail acharné avaient fini par porter leurs fruits et tous deux étaient parvenus au but qu'ils s'étaient fixé. Michelle à trente-huit ans était devenue une spécialiste reconnue dans son domaine et dirigeait un service à l'hôpital de la Salpêtrière tandis que Bertrand avait réussi à introduire les milieux politiques et comptait parmi ses clients quelques ministres et députés ainsi que des caïds de la haute finance. À quarante-cinq ans, il avait toutes les raisons d'être satisfait de sa situation et pouvait enfin savourer son succès en toute quiétude, mais cette tranquillité fut rapidement troublée par la réapparition du cauchemar qu'il croyait avoir fait disparaître à jamais quelque quinze ans plus tôt : il avait de nouveau ressenti une attirance malsaine envers des hommes.

Le phénomène s'était manifesté insidieusement par des occasions trop rares au début pour qu'il en prenne réellement conscience : un regard un peu appuyé en direction d'un jeune mâle aperçu dans la rue ou bien une pensée furtive au contact d'un garçon efféminé croisé au détour d'un rayon dans un grand magasin. C'est seulement lorsqu'il avait commencé à éprouver de curieuses sensations à la vue de modèles masculins vantant des après-rasage ou des sous-vêtements sexy dans des revues et des publicités télévisées que le doute s'était insinué dans son esprit. Il avait eu alors la même réaction qu'à Abidjan et avait cherché une explication rationnelle lui permettant de nier une quelconque tendance homosexuelle. Il avait mis la lassitude de la vie conjugale au ban des accusés et avait eu recours à des prostituées afin de s'en persuader. Mais le sentiment de frustration qu'il en avait retiré n'avait eu pour résultat que de confirmer ses craintes les plus redoutées : il avait envie d'un homme.

Cette révélation insoutenable l'avait fait sombrer dans une déprime profonde qu'il s'était efforcé de dissimuler du mieux possible à son épouse. Son désespoir était si intense parfois qu'il faisait une longue marche dans les rues de la capitale après son travail afin de retarder au maximum le moment de rentrer chez lui. C'est au cours d'une de ses pérégrinations en solitaire qu'il avait fait la découverte qui allait bouleverser son destin.

Il était entré dans un bar rue de Rivoli et s'était installé à une table près de la fenêtre afin de pouvoir observer les mouvements extérieurs tout à loisir. Il avait été tiré de sa contemplation par le serveur venu lui apporter l'expresso qu'il avait commandé. Son regard avait alors été attiré par un journal abandonné sur une table inoccupée à côté de la sienne. Il s'en était emparé et avait commencé à le parcourir rapidement des yeux. C'était un journal à sensations qui alignait à côté de faits divers les plus sanglants les événements les plus anodins survenus dans la vie de vedettes du show-business ou de membres de familles royales, ravissant une clientèle avide de scandales et de petits potins. Il était parvenu très vite à l'une des dernières pages du quotidien dans laquelle s'étalaient des dizaines d'annonces invitant les personnes seules et désespérées à trouver l'âme sœur. Il avait survolé rapidement les différentes colonnes de la rubrique et avait abordé une série d'annonces qui retinrent davantage son attention par leur caractère particulier. Aucune d'entre elles ne faisait la moindre allusion au sexe ou a une contribution financière quelconque, mais il était facile de comprendre qu'elles émanaient de prostituées proposant leurs services. Il connaissait l'existence de telles annonces mais il avait néanmoins sursauté à la vue de deux d'entre elles dont la lecture avait fait s'accélérer subitement les battements de son cœur. Les textes en étaient courts mais suffisamment précis pour ne laisser la place à aucune équivoque. "D'homme à homme : jeune mec talentueux propose massages en tout genre. Discrétion assurée. Tél. : 01 39 54 71 29" disait la première. La seconde n'était pas moins claire. "Homme/homme. Massage, Relaxation, venez vous détendre sous les mains expertes de Pascal." Suivait également un numéro de téléphone. Le sang battait violemment contre ses tempes et des gouttes de sueur perlaient sur son front lorsqu'il avait rejeté le journal d'un geste sec sur la table voisine. Il avait déposé quelques pièces de monnaie près de la tasse de café à laquelle il n'avait pas touché et était sorti précipitamment.

Il avait pensé constamment à ces annonces durant les jours qui avaient suivi, les mots qui les composaient revenant sans cesse à son esprit, perturbant son travail ainsi que son sommeil. Il avait tourné et retourné la situation dans tous les sens et avait fini par en conclure, la mort dans l'âme, que la seule solution susceptible de mettre un terme à son supplice était de tenter l'expérience avec un de ces hommes. Il savait qu'il encourait le risque de se haïr à jamais après cela, mais le conflit dans lequel il se débattait lui était devenu insupportable. Il avait acheté un journal et était tombé sur l'annonce de Jonathan. Il ne se sentait pas très fier lorsqu'il s'était présenté au domicile du garçon la première fois, mais le charme et la personnalité de celui-ci l'avaient immédiatement séduit et les derniers scrupules qui l'habitaient encore n'avaient pas tardé à disparaître devant la patience et le savoir-faire du jeune prostitué.

Il était rentré chez lui ce soir-là avec un sentiment de bien-être intense tel qu'il n'en avait pas connu depuis bien longtemps. Il n'y avait pas trace du moindre remords dans le puits de ses émotions et c'était presque naturellement qu'il avait commencé à mener cette vie parallèle. Il n'avait pas tardé à faire appel aux services d'autres prostitués, guidé en cela par un désir ardent de connaître de nouvelles expériences puis, son avidité assouvie, il avait choisi de ne s'en tenir qu'au seul Jonathan. Il n'avait jamais eu à le regretter. Le don remarquable du garçon à deviner et devancer ses désirs avait été une source de délices incomparable. La seule ombre sur ce tableau idyllique avait toujours été la peur d'être découvert mais les semaines et les mois passant, cette appréhension avait fini par disparaître presque totalement.

Et voilà que l'inimaginable venait de se produire ! Et maintenant ? Qu'allait-il se passer ? Il avait l'impression que son crâne allait exploser. Il porta la main à son front et le massa lentement. Ce geste lui procura un réconfort momentané que l'afflux de questions et réponses qui bouillonnaient dans son cerveau ne fut pas long à anéantir. Qu'allait faire Alexandre ? Allait-il tout raconter à Michelle ? Non, il ne le fera pas. Ce serait avouer sa monstrueuse activité par la même occasion. Il ne pouvait pas se le permettre. Mais il fallait qu'il lui parle. Ils devaient s'expliquer. Pas comme un père peut s'expliquer avec son fils, mais comme deux copains. Alexandre refusait de lui parler pour l'instant, mais c'était une réaction normale après le choc qu'il venait de subir. Ça allait passer. Il avait seulement besoin d'un peu de temps. Il était jeune et n'avait pas la même capacité de prendre les coups que lui. Mais il allait l'écouter, assurément ! Ils ne pouvaient pas vivre en ennemis. Ils s'expliqueraient une fois pour toutes, comme des hommes, et tout rentrerait dans l'ordre, il n'y avait aucun doute !

Il releva la tête et aperçut son image dédoublée dans le miroir situé derrière les rangées de bouteilles. Il était plus que temps pour lui de partir. L'alcool avait réussi à brouiller sa vue autant que son esprit. Mais le pouvoir destructeur de celui-ci n'avait pas été assez puissant malgré tout pour l'empêcher d'être certain que, quoi qu'il arrive, rien ne serait jamais plus comme avant…

Alexandre dut fournir un effort terrible pour parvenir à ouvrir les yeux. Sa tête était si lourde qu'elle lui semblait prête à éclater au moindre mouvement. Il ne savait pas à quoi attribuer cet état mais il avait le vague souvenir d'une nuit agitée et remplie de rêves désagréables. Il porta son regard sur le réveille-matin mécanique qui lui faisait face et dut se concentrer plusieurs secondes sur les aiguilles avant de comprendre qu'elles indiquaient neuf heures. Ce n'est qu'à ce moment-là qu'il prit conscience de l'endroit où il se trouvait. Les événements de la veille revinrent alors immédiatement à sa mémoire, le ramenant à une réalité peu réjouissante. Sa première réaction fut de rester allongé et d'essayer de se rendormir afin d'échapper à ce cauchemar, mais des tiraillements à l'intérieur de son abdomen l'en empêchèrent : son corps criait famine. Il descendit péniblement du lit et se dirigea d'un pas traînant vers la cuisine. Il ouvrit la porte du réfrigérateur et poussa un soupir de dépit en découvrant le vide désespérant qui y régnait. "Merde ! jura-t-il pour lui-même. Il ne m'a rien laissé à bouffer. Quelle vacherie !" Il passa en revue les différents placards qui ornaient les murs de la pièce, sans plus de succès. Il ne trouva qu'un misérable paquet de biscottes et un pot de confiture d'abricots, un comble pour lui qui détestait ce fruit. Il avait mis également la main sur quelques sachets de thé. Il mit une casserole d'eau à chauffer puis il s'installa à table et commença son festin silencieusement.

Il mangeait machinalement, les yeux perdus dans le vague. Il repensait sans cesse à la situation désespérée dans laquelle il se trouvait. Il n'avait aucune idée de ce qu'il devait faire. Une seule chose était sûre : il ne voulait pas rentrer. Il ne voulait pas se trouver face à son père. La seule évocation de celui qu'il considérait désormais comme un monstre suffisait à lui donner la nausée. Il se leva et prépara une tasse de thé avant de passer dans le salon. Bien qu'il eût mangé une dizaine de biscottes, il se sentait toujours aussi affamé. Comment allait-il se débrouiller ? Il avait à peine cinquante francs en poche. Avec ça, il ne pourrait pas aller très loin. C'était bien beau de vouloir tout quitter, mais comment allait-il assurer son existence ? Et sa mère ? Il ne pouvait pas l'abandonner ainsi, elle ne le méritait pas. Il y avait assez de son père pour se comporter comme un ignoble salaud à son encontre. Alors que faire ? Il essayait vainement de mettre de l'ordre dans ses pensées lorsqu'il fut dérangé par la sonnerie du téléphone qui se trouvait sur une table à droite du divan. C'était la ligne que Jonathan avait réservée à ses activités professionnelles. Il resta immobile, attendant simplement que le correspondant raccroche à l'autre bout du fil. Le répondeur se déclencha après la quatrième sonnerie et débita le message laconique enregistré par le prostitué avant son départ et dans lequel il invitait ses clients à l'appeler à son retour. Alexandre prit la tasse de thé sur la table devant lui et la porta à ses lèvres. Il faillit s'étrangler avec le liquide brûlant en entendant subitement son nom résonner dans l'appareil.

- Alexandre, je sais que tu es là ! Prends le téléphone ! Réponds-moi, je t'en prie !

Il reconnut immédiatement la voix de son père, qui continua à s'adresser à lui sur le même ton suppliant. “Pourquoi refuses-tu de me parler ? Ça ne sert à rien de te cacher ainsi. Je ne veux pas te juger, pas plus que je ne veux que tu me juges. Je veux simplement que l'on discute et que l'on essaie de se comprendre. Alexandre, je t'en conjure, décroche ! Ne fais pas l'idiot ! Tu n'as rien à craindre, je veux simplement te parler. Que tu ne veuilles pas me voir dans l'immédiat, je le comprends, mais tu pourrais au moins...”

Le second bip sonore annonçant la fin de la période d'enregistrement coupa court aux suppliques de Bertrand. Alexandre attendit un court instant puis il abaissa doucement ses mains qu'il avait appliquées contre ses oreilles afin de ne rien entendre de la voix maudite. Il était sur le point de retrouver son calme lorsque la sonnerie du téléphone retentit à nouveau. Il regarda l'appareil, incapable de faire le moindre geste. Les sonneries se succédèrent lentement, résonnant avec un peu plus de force à chaque fois au fond de son cerveau. Il ferma les yeux tandis que la bande enregistrée déroulait inexorablement le message de Jonathan. Le bip sonore se fit enfin entendre, immédiatement suivi par la voix surexcitée de Bertrand.

- Alexandre, c'est moi ! Réponds, je t'en supplie ! Tu ne...

La voix s'arrêta net, plongeant soudainement la pièce dans un silence total. Alexandre regardait d'un air absent la main qui tenait encore le fil du téléphone qu'elle venait d'arracher de la prise. Il ne comprenait pas l'acharnement de son père à essayer d'entrer en contact avec lui. Pourquoi ne le laissait-il pas tranquille ? N'avait-il pas fait assez de mal comme ça ? Maintenant il en était absolument convaincu, il ne pourrait jamais plus supporter de le voir. Sa décision était prise : il ne rentrerait pas chez lui. Pour l'argent, il se débrouillerait. Il trouverait bien un petit boulot par-ci, par-là. Et s'il n'en trouvait pas, eh bien il volerait pour s'acheter à manger.

Cette pensée ranima brusquement la sensation de faim que la teneur des derniers événements était parvenue à lui faire oublier. Il savait qu'il ne pourrait pas leurrer son estomac bien longtemps avec les quelques biscottes qu'il avait ingurgitées et que tôt ou tard il devrait sortir à la recherche de nourriture plus consistante. Mais pour l'heure, ce dont il avait le plus besoin était un bain bien chaud. Cela prit un temps fou pour remplir la baignoire immense dans laquelle il avait l'habitude de se prélasser avec Jonathan, mais la sensation de bien-être qu'il éprouva en se coulant dans l'eau délicatement parfumée lui fit rapidement oublier l'ennui de l'attente. Tous ses muscles se détendirent sous l'action bienfaisante du liquide savonneux. Il ferma les yeux afin de savourer cet instant de bonheur au maximum, conscient que c'était peut-être là l'un des derniers qu'il connaissait...

* * *

Bertrand entra dans la cuisine en sifflant un air enjoué de Carmen. Il s'avança vers Michelle, adossée contre un placard de l'autre côté de la table, et déposa un baiser rapide sur son front. "Bonjour chérie, ça va?" salua-t-il sur un ton léger. Il remarqua la tension qui habitait son épouse et en devina instantanément la raison. Il se dirigea vers le réfrigérateur et reprit comme si de rien n'était : "J'ai signé un super contrat hier soir ! Ça m'a coûté un bon mal au crâne mais ça en valait la peine." Il prit une bouteille de lait et la porta à ses lèvres. Pendant qu'il buvait goulûment, il observa discrètement Michelle du coin de l'œil. Celle-ci avait allumé une cigarette et elle aspirait de courtes bouffées avec une fréquence qui témoignait de son anxiété. "Le baron de la Monnière, ça te dit quelque chose?" continua-t-il en remettant la bouteille en place.

- Alexandre n'est pas rentré cette nuit, lâcha simplement Michelle d'une voix blanche.

Bertrand marqua un court temps d'arrêt, qui, pensait-il s'imposait pour simuler l'effet de surprise, puis il se tourna vers elle et la fixa avec une expression incrédule.

- Comment ça, il n'est pas rentré cette nuit? finit-il par demander. Michelle haussa les épaules en signe d'impuissance. Elle faisait visiblement un effort pour ne pas fondre en larmes. Tu en es sûre? insista Bertrand.

- Je viens d'aller voir dans sa chambre. Il n'est pas là et son lit n'est pas défait.

- Peut-être est-il parti de bonne heure ce matin sans que tu l'entendes?

- Il n'a jamais cours avant dix heures le samedi. Et puis, pourquoi aurait il fait son lit lorsque nous avons une femme de ménage? Non, il n'est pas du tout rentré, j'en suis certaine. J'ai peur qu'il lui soit arrivé quelque chose.

Elle se pencha vers la table et écrasa sa cigarette dans le cendrier le plus proche avec un acharnement inhabituel. Son état faisait de la peine à Bertrand mais celui-ci ne pouvait rien faire, sinon essayer de la rassurer.

- Allons, allons, pas si vite. Il y sûrement une explication. Qu'a-t-il fait hier soir ?

- Il devait aller chez un ami pour jouer avec lui sur son ordinateur.

- As-tu téléphoné chez cet ami ?

- Je ne connais même pas son nom ! cria presque Michelle, désespérée. N'est-ce pas aberrant ? Est-ce que c'est normal pour une mère de ne même pas connaître les amis de son fils de seize ans ?

- Je t'en prie chérie, ne te crée pas de problèmes inutiles. Tu n'as rien à te reprocher. Alex est un garçon plus que raisonnable pour son âge et c'est tout à notre honneur de lui accorder notre confiance. Et je ne pense pas qu'il en abuse.

Bertrand se dégoûtait profondément en cet instant, mais que pouvait-il faire d'autre ? "Je crois deviner le fond de l'histoire, continua-t-il sur un ton léger. Connaissant la passion des jeunes pour les ordinateurs, je ne serais pas surpris que lui et son ami aient perdu la notion du temps et qu'ils aient terminé à une heure plus que tardive, trop tardive en tout cas pour rentrer ou pour nous appeler. Et il a sûrement décidé de rester dormir chez son copain."

- Dans ce cas, pourquoi n'a-t-il pas appelé ce matin ? Il est déjà neuf heures et demie ! fit Michelle qui était loin d'être convaincue.

- Parce qu'il est sûrement encore en train de dormir ! Et même si ce n'est pas le cas, il est loin de s'imaginer que nous sommes assez stupides pour nous inquiéter ainsi de son absence.

La décontraction dont Bertrand faisait preuve était loin de plaire à Michelle.

- Comment peux-tu être aussi sûr de ce que tu dis ? Tu es tellement calme que ça en est effrayant. Ton fils de seize ans a disparu et cela ne t'inquiète pas plus que ca ? Quel genre de monstre es-tu ?

- J'essaie de faire en sorte que l'un d'entre nous garde la tête froide ! répliqua-t-il en s'emportant. Imagine que je réagisse comme tu le fais, nous aurions déjà téléphoné à toutes les stations de police de France et de Navarre ! Et que crois-tu qu'ils nous répondraient ? Qu'il faut un minimum de quarante-huit heures avant de déclarer une disparition !

Il s'arrêta subitement, honteux de s'être laissé aller de la sorte. Il n'était plus du tout sûr que son comportement puisse s'apparenter à celui d'un père apprenant que son fils n'est pas rentré de la nuit. Il s'approcha de Michelle qui pleurait silencieusement et la prit doucement par la taille.

- Pardonne-moi, je ne sais pas ce qui m'a pris. Mais c'est parce que je sens qu'il n'y a pas de quoi s'inquiéter. Et ce n'est pas quelque chose dont j'essaie de me persuader moi-même. Je suis certain qu'il va réapparaître cet après-midi, honteux, penaud mais en bonne santé.

Michelle acquiesça doucement de la tête avant de lâcher dans un soupir :

- J'espère que tu as raison…

“Moi aussi” pensa-t-il en l'embrassant tendrement sur la joue avant de la serrer dans ses bras. Il ne lui restait plus qu'à mettre la main sur Alex et à le persuader de rentrer le plus tôt possible…

Alexandre regarda avec convoitise les sandwiches exposés dans la vitrine réfrigérante. Il y en avait pour tous les goûts et tous étaient plus alléchants les uns que les autres, mais ils avaient un problème commun : le prix. Vingt francs était une grosse somme pour quelqu'un qui ne possédait en tout et pour tout qu'un malheureux billet de cinquante francs.

L'adolescent loucha une dernière fois en direction des demi-baguettes garnies avant de s'éloigner, la mort dans l'âme. Il descendit lentement le boulevard Saint-Michel, noir de monde comme il était de coutume le samedi, puis il passa devant la place de la Sorbonne, sans prêter attention à la foule qui avait investi les nombreuses terrasses de café afin de profiter des derniers rayons de soleil avant l'arrivée de novembre et de son lot de grisaille. Il réfléchissait à la précarité de sa situation et aux difficultés nombreuses qui l'attendaient. Il était conscient que sa situation actuelle n'était pas précisément des plus enviables.

Il traversa le boulevard Saint-Germain et s'engagea résolument dans la rue de la Harpe. Il fut aussitôt agressé par les nombreuses odeurs variées émanant des dizaines de restaurants alignés les uns à côté des autres, formant une chaîne qui semblait ne pas devoir finir. Alexandre avait franchement accéléré le pas à présent et il s'engagea dans la rue Saint-Séverin à une allure qui ne pouvait en aucun cas le faire passer pour un touriste. En temps normal, il aimait à flâner dans ce quartier typique avec ses ruelles étroites, ses maisons basses dépareillées et sa population colorée qui le faisaient ressembler davantage à un bazar nord-africain qu'à un coin de Paris. Mais cette fois-ci, ce n'était pas l'atmosphère qui était la cause de sa venue dans ces lieux. Il se dirigea sans hésiter vers l'échoppe grecque la plus proche et commanda l'un de ces énormes sandwiches réputés pour leur goût relevé et leur prix dérisoire. Il tendit les douze francs demandés et s'éloigna en tenant son précieux butin avec précaution.

Malgré la faim qui le tenaillait, il s'obligea à attendre d'être confortablement installé pour savourer son festin et ce n'est que lorsqu'il eut trouvé un banc sur le quai en face de Notre-Dame qu'il laissa le champ libre à son appétit vorace. Il n'en eut pas pour longtemps à engloutir son maigre repas et il dut se lécher les doigts pour faire durer le plaisir un peu plus. Son estomac était malgré tout en partie satisfait et il profita du répit qu'il savait provisoire pour tenter de remettre de l'ordre dans ses idées. Son regard se promena machinalement sur les berges de la rive opposée, mais le décor somptueux qui l'avait toujours fasciné par le passé le laissait cette fois parfaitement insensible. Comment pouvait-on être aussi désespéré dans un tel décor et désirer se trouver à des centaines de kilomètres de là ? Il était dans la ville lumière, la ville qui faisait rêver des millions de personnes de par le monde et il se sentait perdu. Totalement isolé et sans ressources. Il ne connaissait personne qui était en mesure de lui apporter l'aide dont il avait besoin et il n'avait d'ailleurs aucune envie de confier la nature de ses problèmes à qui que ce soit. Il devait lutter seul et trouver le moyen de s'en sortir par lui-même. Il pouvait rester chez Jonathan jusqu'au retour de ce dernier, c'était déjà ça, mais il devait absolument décamper avant son arrivée. Il était tout à fait hors de question pour lui de le revoir. Il ne voulait plus rien avoir à faire avec ce salaud qui était le responsable de ses malheurs.

Il avait très soif à présent. C'était probablement dû aux épices contenues dans le sandwich qu'il venait d'ingurgiter. Il lui fallait revenir à l'appartement de Jonathan. Il ne pouvait pas se permettre d'utiliser le peu d'argent qu'il possédait pour acheter de la boisson. La prochaine fois, il devrait penser à emmener une bouteille d'eau avec lui.

Il se leva et rejoignit la rue Saint-Jacques qu'il remonta d'un pas tranquille. Il traversa la rue Soufflot, indifférent à la masse imposante du Panthéon qui s'étalait orgueilleusement sur sa gauche, et aborda la partie étroite et plus sympathique de la rue Saint-Jacques. Il lui restait à peine trois cents mètres à parcourir lorsqu'il aperçut une silhouette familière devant la porte de l'immeuble. Il ralentit le pas et étudia soigneusement l'homme vêtu d'un pardessus qui semblait attendre. Son cœur se mit à battre plus vite et il se réfugia dans l'angle de la rue

Malebranche sur sa droite d'où il put observer discrètement les mouvements de l'inconnu. Celui-ci appuyait à présent avec insistance sur l'une des sonnettes de l'entrée. Il mit ensuite ses mains dans ses poches et fit face à la rue. Alexandre frémit en reconnaissant son père avec certitude. Ainsi, ce dernier n'était pas décidé à le laisser en paix. Il continua de l'observer, protégé par l'angle du bâtiment derrière lequel il se tenait. Bertrand attendait toujours, imperturbable. Il tournait parfois la tête de droite à gauche, dans l'espoir de voir Alexandre arriver d'un des côtés de la rue. Il ne semblait pas du tout prêt à quitter les lieux et le garçon se voyait déjà passer le reste de la journée caché derrière son mur protecteur. Plusieurs minutes s'écoulèrent sans le moindre changement. Alexandre était prêt à renoncer à attendre plus longtemps lorsque Bertrand, après avoir jeté un dernier coup d'œil circulaire, commença à s'éloigner d'un pas lent. L'adolescent resta immobile quelques instants encore après que son père eut complètement disparu de son champ de vision, afin que tout danger soit écarté. Puis il prit une profonde inspiration et courut comme un dératé jusqu'à la porte de l'immeuble. Sa nervosité rendait ses gestes imprécis et il dut se battre quelques secondes avec la serrure avant de parvenir à y introduire la clef. Il s'engouffra dans le hall d'entrée et repoussa la porte avec vigueur derrière lui. Son cœur battait la chamade. Il récupéra un peu son souffle avant de se diriger d'un pas plus tranquille vers l'ascenseur. Il était en sécurité à présent. Mais il devait se montrer prudent à l'avenir car il savait que son père n'allait pas en rester là.

- Chérie, essaie de manger un peu, je t'en prie. Tu n'as pas touché à ton assiette.

Il posait un regard implorant sur Michelle, assise en face de lui, les yeux perdus dans le vague. Il pouvait mesurer le degré d'anxiété qui l'habitait à la façon qu'elle avait de frotter ses mains l'une contre l'autre. Elle exerçait une pression telle sur ses doigts que leurs jointures en devenaient blanches.

- Je ne peux rien avaler, finit-elle par lâcher, brisant ainsi le mutisme profond dans lequel elle était plongée depuis le début du repas. Puis elle éclata en sanglots. Je n'en peux plus ! Il est huit heures maintenant et nous n'avons toujours pas de nouvelles. Cette fois-ci, je préviens la police.

Elle se leva et se dirigea d'un pas résolu vers la porte. Bertrand la saisit promptement par la main alors qu'elle passait à côté de lui.

- Calme-toi, mon amour, fit-il en se levant à son tour et en l'entourant de ses bras. Nous avons déjà fait tout ce qu'il est nécessaire de faire. Nous savons pour le moins qu'il n'est pas blessé. Tu as téléphoné à tous les hôpitaux possibles et imaginables, et il n'est enregistré nulle part. Mais en ce qui concerne la police, je te l'ai déjà dit, c'est trop tôt. Nous les appellerons demain.

Il s'était exprimé d'une manière exagérément douce, comme s'il s'était adressé à une enfant. Il se détestait d'avoir un tel comportement, mais il devait absolument empêcher Michelle d'impliquer la police dans cette affaire. Il fallait qu'il parvienne à régler le problème lui-même, en ramenant Alexandre à la raison. Tout ce dont il avait besoin était un peu de temps.

- Je suis sûr qu'il ne s'est rien passé de grave, reprit-il sur un ton rassurant. Il n'ose pas rentrer parce qu'il a peur de se faire tirer les oreilles, c'est tout. Ou alors il traverse une crise d'adolescence.

- Comme ça, subitement ? demanda Michelle en le dévisageant avec une expression de surprise. J'ai très peu de notions en matière de psychologie des ados, mais j'ai du mal à croire qu'un garçon aussi calme et posé qu'Alexandre puisse fuguer du jour au lendemain sans raison particulière.

- Là, tu te trompes, ma chérie. Il y a des centaines d'exemples qui prouvent le contraire. Cela peut provenir de choses dont nous n'avons pas eu conscience. Peut-être a-t-il ressenti un malaise durant des années sans avoir jamais osé nous en faire part. Peut-être s'est-il laissé entraîner par des camarades de lycée. Ce ne serait pas la première fois qu'un gosse "convenable" entre guillemets, fasse une connerie simplement pour suivre l'exemple des petits copains. On se sent un peu honteux si on ne peut pas se vanter auprès des autres d'être en conflit ouvert avec ses parents, qui sont le symbole d'une société pourrie. Ça peut arriver à n'importe quel môme, n'importe quand, et malheureusement, il n'y a rien d'autre à faire qu'attendre que la crise passe.

Michelle le dévisageait avec de grands yeux effarés.

- Tu suggères que nous attendions sans bouger le petit doigt, même si sa "crise", comme tu dis, dure deux ou trois semaines, voire plus ? Tu es tombé sur la tête ou quoi ?

Bertrand comprit trop tard l'erreur qu'il venait de commettre. Il avait cru avancer une explication logique à la conduite d'Alexandre et préparer par la même occasion la confrontation de celui-ci avec Michelle à son retour, mais cette dernière n'avait vu dans sa démonstration que l'expression d'un je-m'en-foutisme des plus détestables. Il essaya de rattraper sa gaffe.

- Ce n'est pas ce que je voulais dire, commença-t-il prudemment. Je refuse simplement de croire qu'il lui est arrivé quelque chose et je pense qu'il faut lui laisser une chance de rentrer de lui-même avant de prévenir la police. Maintenant, si tu tiens vraiment à l'appeler...

Il désigna la porte de la cuisine de la main puis il s'assit à la table et se versa une bonne rasade de vin. Michelle resta un long moment sans faire un mouvement, puis elle parut enfin sortir de la réflexion intense dans laquelle elle était plongée et quitta précipitamment la pièce. Quelques secondes plus tard, sa voix parvint aux oreilles de Bertrand.

- Bonsoir, pouvez-vous me passer le service s'occupant des personnes disparues ?

Il prit son verre et le vida d'un trait avant de le reposer sur la table avec un geste sec.

Une sonnerie résonnait avec insistance au fond du cerveau d'Alexandre et celui-ci réalisa seulement après de longues secondes qu'elle ne faisait pas partie de son rêve. Il ouvrit les yeux prudemment afin de ne pas aggraver la violence des coups qui martelaient son crâne avec la régularité d'un métronome et il constata avec surprise qu'il était allongé sur le divan du salon, habillé de la tête aux pieds. Une bouteille de vodka vide couchée sur la table le renseigna immédiatement sur la nature de son état. Il se remémora son cafard de la veille et le besoin de boire "un petit coup" qu'il avait éprouvé pour tenter de le combattre. Mais ce qui aurait dû être un simple réconfort s'était apparemment transformé en soûlerie.

La sonnerie retentit à nouveau, bien réelle cette fois-ci, et Alexandre en reconnut l'origine sans problème : elle provenait de l'interphone. Il jeta un coup d'œil à la pendule située au-dessus de la porte d'entrée et constata qu'il était un peu moins de huit heures et demie. L'image de son père lui vint immédiatement à l'esprit. Qui d'autre avait un intérêt à venir ici un dimanche matin de si bonne heure ? Il devait en avoir le cœur net.

Il se leva avec précaution et s'avança jusqu'à la fenêtre d'où il put observer la rue tranquillement, protégé des regards extérieurs par la persienne métallique. “Merde ! j’espère que ce con ne va pas rester planté là toute la journée” fit-il tout haut en reconnaissant la silhouette familière. Il n’avait pas osé ressortir après l’avoir aperçu la veille de peur de se trouver nez à nez avec lui et il n’avait rien mangé depuis. L’idée de passer une nouvelle journée sans rien avaler lui paraissait insupportable. De longues minutes s’écoulèrent pendant lesquelles Bertrand continua de sonner à un rythme presque régulier puis, au moment où Alexandre commençait à perdre espoir, il tourna les talons et s’éloigna. L’adolescent le vit avec satisfaction monter dans sa voiture garée à une trentaine de mètres de là et démarrer en trombe, non sans avoir jeté au préalable un dernier coup d’œil en direction de la porte. Le garçon put alors quitter son poste d’observation, soulagé, mais il savait qu’il devait continuer de se montrer prudent.

Il alla dans la salle de bains et mit la douche en marche. Il s’éternisa quelque peu sous le jet presque brûlant dont l’effet était des plus merveilleux sur son corps, meurtri après la nuit inconfortable qu’il venait de passer. Il prit également son temps pour s’habiller. Il était vrai que, hormis une faim dévorante, il n’avait aucune raison de se presser. Il regarda longuement par la fenêtre avant de sortir, scrutant minutieusement chaque coin et recoin de la rue. Il fit preuve de la même prudence au moment de franchir la porte de l’immeuble quelques secondes plus tard. Ce n’est qu’après avoir quitté la rue Saint-Jacques et parcouru plusieurs centaines de mètres à vive allure qu’il commença à respirer. Il y avait très peu de monde dans la rue, comme chaque dimanche, et il aurait été facile pour son père de le voir en passant en voiture. Il atteignit la rue Mouffetard, désespérément vide à l’image des autres rues du quartier, mais ici, le contraste était encore plus saisissant pour qui connaissait l’animation peu commune qui y régnait habituellement.

Alexandre continua malgré tout sa progression, en quête d'une boulangerie ou d'une épicerie, et il était un peu plus découragé chaque fois qu'il tombait sur un bar ou un fleuriste, à croire qu'il n'y avait que ces deux types de commerce ouverts le dimanche. Il déambulait depuis une bonne demi-heure lorsqu'il aperçut enfin l'étalage d'un marchand de quatre saisons. Le commerçant était occupé à installer des caisses de salades sur des tréteaux. Le garçon s'approcha doucement, salivant presque à la vue des cartons regorgeant de fruits plus appétissants les uns que les autres. L'homme, un Nord-Africain, en avait apparemment terminé avec sa mise en place et il rentra dans la boutique, les bras encombrés par les caisses qu'il venait de vider de leur contenu. C'est le moment que choisit l'adolescent pour commettre son forfait.

Il fonça résolument sur les fruits, le cœur battant, puis il tendit les mains et s'empara de deux pommes et d'une poignée de bananes avant de courir comme un dératé. Il entendit derrière lui les cris hystériques du propriétaire qui invitait à arrêter le voleur avec un accent prononcé. Mais il n'y avait personne pour répondre aux injonctions du marchand et le garçon après avoir dévalé quelques rues adjacentes put enfin s'arrêter de courir et tenter de reprendre son souffle en marchant d'un pas plus tranquille.

Il savourait ce qui représentait un exploit pour lui, même si le vol avait toujours été contraire à ses principes. Il n'avait malheureusement pas d'autre choix. Il était prêt à croquer dans une des pommes lorsqu'il réalisa qu'il était à deux pas du jardin des plantes. Il affectionnait particulièrement cet endroit dans lequel il était souvent venu se promener en compagnie de Jonathan.

Aujourd'hui, les circonstances étaient un peu différentes mais il était certain de ne pouvoir trouver meilleur emplacement pour déguster son repas. Il s'installa sur l'un des bancs qui bordaient l'allée centrale et se perdit un instant dans la contemplation du soleil automnal qui lui faisait face. La pâleur de l'astre du jour témoignait de son manque de puissance, mais sa présence suffit à réchauffer le cœur du garçon. Qu'allait-il faire lorsque le temps deviendrait moins clément ? Lorsque la pluie s'installerait pour une période à n'en plus finir, accompagnée de températures proches, voire en-dessous de zéro ? Avec son petit blouson, il ne pourrait pas résister longtemps au vent d'hiver, glacial et pénétrant. Il n'était pas au bout de ses peines.

Il s'empressa de chasser ces pensées désagréables. Il aurait assez le temps d'y penser le moment venu. Il sortit une pomme de sa poche et y planta les dents avidement. La granny ne résista pas longtemps aux assauts répétés de la mâchoire de l'adolescent qui, pris d'une soudaine frénésie, fit subir le même sort à la seconde pomme ainsi qu'à trois bananes. Il était momentanément rassasié mais il savait qu'il devait trouver quelque chose de plus consistant dans un proche avenir. Il s'adossa confortablement au banc et concentra de nouveau son attention sur la caresse délicate des rayons solaires. Il se sentait bien. Son mal au crâne avait complètement disparu et il n'y avait plus qu'une légère sensation de fatigue pour lui rappeler l'ivresse de la veille…

Il passa le reste de la journée à déambuler d'un quartier à l'autre, accumulant les kilomètres sans s'en rendre compte. Il avait les yeux ouverts en marchant, mais il n'enregistrait rien de ce qu'il voyait, son esprit étant complètement ailleurs. Il sacrifia un peu d'argent en début d'après-midi dans l'achat d'un demi-pain qu'il mangea nature sur un banc à quelques enjambées de la tour Eiffel. En début de soirée, alors qu'il se traînait misérablement derrière le centre Georges Pompidou, son regard fut attiré par une enseigne lumineuse indiquant la présence d'un supermarché ouvert. Son cœur fit un bond dans sa poitrine. Il n'avait pratiquement rien avalé de la journée et il ne pourrait plus supporter bien longtemps les crampes d'estomac qui l'avaient torturé sans cesse durant les deux dernières heures. Il lui fallait absolument ramener quelque chose de nourrissant à la maison. Il franchit les portes d'accès du magasin et s'engagea dans les allées regorgeant de produits. Il savait qu'il n'avait pas de quoi s'offrir un vrai repas avec les trente francs qui lui restaient, aussi se dirigea-t-il sans hésiter vers le rayon des conserves et, après avoir vérifié que personne ne lui prêtait attention, il s'empara de deux boîtes qu'il glissa discrètement dans les poches de son blouson. Il n'y avait pas grand monde dans le magasin, ce qui lui rendait la tâche d'autant plus facile, mais il ne pouvait s'empêcher d'être surpris malgré tout par la façon dont les choses se déroulaient. Cette facilité multiplia son audace et il décida de bourrer ses poches au maximum. Il alla même jusqu'à cacher quelques conserves sur son abdomen, sous son blouson. Satisfait du résultat, il prit une boîte de sardines bon marché et se dirigea vers la caisse la plus proche. Il ne voulait pas éveiller l'attention en sortant sans achats. Il ne pouvait empêcher son cœur de battre violemment en déposant sa boîte sur le tapis de la caisse. Il se sentait comme un passeur de drogue redoutant un contrôle douanier à l'aéroport, comme il l'avait vu dans certains films. On ne s'improvisait pas voleur du jour au lendemain.

La caissière ne lui accorda pas le moindre regard. Elle enregistra les données du produit en réprimant un bâillement et annonça le prix sur un ton parfaitement neutre. Alexandre plongea la main dans la poche de son jean en prenant soin de ne pas perdre les conserves cachées sous son blouson. La tension qui l'habitait rendait ses gestes maladroits et ses doigts fébriles avaient du mal à se saisir des pièces de monnaie égarées au fond de sa poche. Le regard teinté d'impatience que lui lança l'employée ne fit rien pour atténuer son malaise. Il parvint néanmoins à ses fins après une courte lutte acharnée et il put ramener sa main à l'air libre avec soulagement. C'est alors qu'il laissa malencontreusement échapper les pièces qui roulèrent en s'éparpillant dans tous les sens. Il se baissa pour tenter de les récupérer et oublia les boîtes camouflées sous son blouson dans sa précipitation. Celles-ci tombèrent à leur tour sur le sol dans un vacarme épouvantable. La caissière se pencha et regarda les conserves, médusée, tandis qu'Alexandre restait immobile, pétrifié par la surprise. Ce sont les hurlements de la femme qui le firent réagir. Il commença à courir en direction de la sortie. Il avait presque atteint la porte vitrée lorsqu'une poigne de fer le stoppa net. "Holà ! Par ici mon bonhomme !" fit une voix impérieuse. Une pression puissante sur son épaule le fit pivoter sur lui-même et il se retrouva face à face avec un vigile taillé comme une montagne. "Tu n'allais quand même pas nous quitter sans nous faire voir ce que tu as dans tes poches ? demanda celui-ci ironiquement. C'est pas des manières ça !" Alexandre sentit ses jambes se dérober sous lui. Il n'avait jamais éprouvé une telle humiliation auparavant.

Le gorille l'entraîna jusqu'à un bureau occupé par un homme d'âge mûr, vêtu d'une blouse blanche. "Tiens, André, un client pour toi. Monsieur a oublié de payer" annonça le vigile en poussant Alexandre sans ménagement devant lui. La caissière arriva à son tour et déposa sans un mot les conserves dérobées par l'adolescent sur le bureau avant de regagner son poste de travail. L'homme en blouse blanche releva la tête des dossiers dans lesquels il était plongé et jeta un coup d'œil rapide sur les boîtes avant de détailler minutieusement Alexandre de haut en bas par-dessus ses lunettes en écailles.

- Eh bien mon garçon, c'est vrai ce que raconte mon collègue ? demanda-t-il enfin, son introspection terminée.

Alexandre, qui avait gardé la tête baissée depuis qu'il était entré dans la pièce, ne se laissa pas duper par la douceur du ton sur lequel la question avait été posée. L'homme se leva et s'avança vers lui lentement. Il le saisit par le menton et le contraignit à redresser la tête d'un coup sec.

- Ben alors, il faut pas être timide comme ça ! Quand on est capable de voler comme tu le fais, on est aussi capable de regarder les gens en face, non ? Les yeux embués de larmes du garçon essayaient vainement de fuir le regard sadique du quinquagénaire. Allez mon vieux, reprit ce dernier, fais-nous voir ce que tu as dans tes poches.

Devant l'absence de réaction de l'adolescent, il adressa un signe de tête imperceptible au vigile qui n'attendait que ce geste pour entrer en action. Il opéra une fouille en règle, peu soucieux de la loi qui interdisait formellement ce genre de pratique. Les boîtes contenues dans les poches du garçon ne tardèrent pas à rejoindre celles déjà empilées sur le bureau.

- Voyez donc ça ! fit l'homme en blouse blanche après avoir poussé un sifflement admiratif. Douze boîtes, rien que ça ! Tu comptais démarrer ta propre boutique ? Je suis vraiment désolé si on met des bâtons dans les roues de ton projet. J'espère au moins que tu ne nous en veux pas. Comment tu t'appelles, petite ordure ?

Il attendit quelques instants puis il reprit devant le mutisme obstiné de l'adolescent :

- Tu ne veux pas répondre ? Comme tu voudras ! Les flics sauront sûrement mieux s'y prendre que moi pour te faire retrouver ta langue. Une vipère, ça a toujours une langue, et toi, tu es une vipère de la pire espèce.

Le sang d'Alexandre ne fit qu'un tour à l'évocation de la police. L'humiliation avait soudain laissé place à la peur.

- Non monsieur, s'il vous plaît, pas la police ! implora-t-il. Je sais que ce que j'ai fait n'est pas bien, je suis vraiment désolé. Je vous jure que c'est la dernière fois, je ne le ferai plus, c'est promis, mais n'appelez pas la police !

- Tiens, on est bavard tout à coup, fit l'homme en arborant un large sourire, c'est la police qui te fait peur comme ça? Désolé mon vieux, mais il fallait y penser avant.

Deux agents, un homme et une femme, arrivèrent moins de cinq minutes plus tard, détruisant le mythe qui voulait que la police ne soit jamais là lorsqu'on avait besoin d'elle. Le quinquagénaire les accueillit comme de vieilles connaissances avant de leur désigner tour à tour les boîtes de conserve et l'adolescent, recroquevillé sur une chaise au milieu de la pièce. "Il n'a aucun papier sur lui et il ne veut pas nous dire son nom" expliqua-t-il avec une expression désolée. La femme flic laissa son homologue masculin s'entretenir avec l'employé du magasin et s'approcha du garçon qui pleurait en silence. Elle se pencha vers lui et lui parla doucement après s'être présentée. Elle se redressa au bout de quelques minutes et adressa un signe de tête négatif en direction de son collègue. "On l'embarque, fit celui-ci à l'intention de l'homme en blouse blanche. Peut-être qu'il deviendra plus bavard au poste."

Alexandre pleurait toujours en entrant dans le commissariat d'arrondissement situé à quelques minutes seulement du lieu de son forfait. Les deux agents le conduisirent directement jusqu'à un bureau minuscule, encombré de dossiers et de documents divers. La femme l'invita à s'asseoir et lui présenta un paquet de mouchoirs en papier avec un sourire engageant.

- Tiens, essuie tes larmes. Je vais chercher quelque chose à boire. Tu dois avoir soif avec tout ça. Tu aimes l'orangeade?

Alexandre fit timidement oui de la tête. Il était surpris par la gentillesse dont elle faisait preuve. Elle était jeune, vingt-cinq ans tout au plus et ne correspondait pas du tout à l'image qu'il avait d'un agent de police. Après qu'elle fut sortie, son collègue s'avança vers le bureau et entreprit de le débarrasser d'une partie des feuillets envahissants qui le recouvraient. Ceci fait, il s’installa sur l’emplacement laissé libre et regarda l’adolescent qui achevait de sécher ses larmes.

- C’est pas facile, hein? fit-il sur un ton derrière lequel ne se cachait pas le moindre sarcasme, contrairement à celui utilisé par les deux employés du supermarché. C’est la première fois que tu fais ça?

Alexandre, bien que sensible à l’intérêt sincère que l’agent semblait lui porter, s’obstina dans son mutisme.

- Je n’ai pas besoin de réponse pour deviner que tu n’es pas un habitué, reprit l’autre sans se démonter. Pourquoi astu fait ça? Apparemment, tu n’es pas dans le besoin. OK, je sais que je t’ennuie avec mes questions et je comprends que tu n’aies pas envie d’y répondre, mais par contre, il y a une chose que j’aimerais bien que tu me dises, ton nom. Nous n’avons rien de personnel contre toi, mais tu dois bien comprendre qu’on ne peut pas te relâcher comme ça, sans savoir qui tu es. Alors si tu ne nous aides pas, nous allons être obligés de faire les recherches nous-mêmes, et ça risque de prendre du temps, beaucoup de temps. Et toi, ce temps, il faudra que tu le passes ici. Ce serait dommage, tu ne crois pas? Alors ce serait mieux pour toi si tu nous aidais un peu.

Alexandre savait que l’homme de loi avait parfaitement raison mais il ne pouvait pas se décider à dévoiler son identité. La jeune femme entra dans la pièce et lui remit le verre d’orangeade qu’elle lui avait promis. “Monsieur est servi!” lança-t-elle avec un large sourire. Pendant que l’adolescent était occupé à boire, elle jeta un coup d’œil en direction de son compagnon qui la renseigna sur son échec d’un signe de tête imperceptible. Elle récupéra le verre que le garçon venait de vider d'une seule traite et s’exclama sur le même ton enjoué :

- Eh bien, on peut dire que tu avais soif ! S'il en est de même avec ton appétit, je comprends que tu aies pris toutes ces boîtes !

Puis elle approcha son visage à quelques centimètres de celui d'Alexandre et lui demanda gravement :

- Ça fait longtemps que tu n'as pas mangé ?

L'adolescent baissa instantanément les yeux avant de lâcher d'un air misérable :

- J'ai mangé des fruits ce matin.

- Et avant cela, quand as-tu mangé un vrai repas pour la dernière fois ?

Elle insistait, suivant en cela son intuition qui lui disait qu'elle était sur la bonne voie. Elle attendit quelques instants et, devant l'absence de réponse, elle posa une main sur le genou du garçon et lui demanda d'une manière aussi douce que possible :

- Tu es parti de chez tes parents, c'est ça ?

Alexandre acquiesça lentement tandis que les larmes recommençaient à couler le long de ses joues. La jeune femme lui laissa quelques secondes de répit avant de reprendre, en choisissant ses mots avec précaution :

- Je sais que nous avons mauvaise réputation, mais notre métier ne consiste pas seulement à arrêter les gens ou à dresser des procès-verbaux. Nous sommes là aussi pour aider ceux qui en ont besoin. Dans ton cas, nous ferons tout ce qui est en notre pouvoir, mais pour cela, il faut que tu nous expliques ce qui ne va pas. Si tu as un problème avec tes parents, s'ils te maltraitent ou ne se comportent pas correctement avec toi, nous pouvons te mettre en contact avec des gens qui vont s'occuper de toi et agir dans ton intérêt. Mais nous ne pouvons rien faire si tu ne nous aides pas.

Alexandre était convaincu de sa sincérité, mais il lui était impossible de révéler la nature de son problème, ni à elle, ni à quiconque. Personne ne devait apprendre la vérité. Le mieux pour lui maintenant était de sortir de cette impasse de laquelle il ne pouvait s'échapper. Il prit une profonde inspiration et annonça au grand étonnement des deux gardiens de la paix qui ne s'attendaient pas à un dénouement aussi rapide :

- Je m'appelle Alexandre Rodier et j'habite 7 rue de Birague, dans le quatrième arrondissement.

La jeune femme adressa un clin d'œil discret à son collègue qui sortit immédiatement du bureau afin d'aller vérifier les informations fournies par le garçon. Il revint quelques minutes plus tard et expliqua en aparté à sa compagne en lui tendant une feuille de copie imprimée :

- Effectivement, il y a bien un Alexandre Rodier dans les fichiers dont la disparition nous a été rapportée hier soir. N'est pas réapparu chez lui depuis vendredi. Le signalement correspond tout à fait. Il n'y a pas de doute, c'est lui.

Puis il se tourna vers l'adolescent et lui demanda :

- Es-tu sûr que tu ne veux pas parler de ton problème? Le signe de tête négatif du garçon ne laissa subsister aucun doute. Comme tu veux. En attendant, la récréation est terminée, il est temps de rentrer. Je crois que tes parents sont impatients de te revoir.

Michelle fut la première à réagir en entendant la sonnerie de l'entrée. Elle bondit littéralement du fauteuil dans lequel elle se trouvait et se dirigea à grandes enjambées vers la porte qu'elle ouvrit d'un coup sec. Elle éprouva un choc en découvrant son fils entouré de deux policiers en tenue. "Alexandre!" s'écria-t-elle avant de fondre en larmes, puis elle s'avança vers lui et l'étreignit de toutes ses forces en le couvrant de baisers. "Mon Dieu, que t'est-il arrivé?" demanda-t-elle entre deux sanglots. Elle se tourna enfin vers les deux gardiens de la paix qui attendaient patiemment la fin des effusions et les invita à entrer dans l'appartement. Bertrand, qui était accouru dès les premières exclamations de Michelle et avait assisté à la scène sans dire un mot, les accueillit chaleureusement avant de les conduire jusqu'au salon où il leur proposa un siège. Il parlait sans discontinuer, exprimant sa joie de revoir son fils aussi rapidement et, surtout, en bonne santé. Lui et son épouse avaient tellement craint qu'il ne lui soit arrivé quelque chose. Paris était tellement dangereux de nos jours ! Il n'en pouvait plus de féliciter les agents pour leur travail remarquable et l'efficacité dont ils avaient fait preuve en retrouvant aussi vite leur enfant chéri. Les deux gardiens de la paix n'étaient pas insensibles devant l'expression d'une telle émotion. Aucun d'entre eux cependant ne remarqua que l'homme n'avait pas du tout cherché à approcher son fils...

Ils firent le récit succinct des événements qui les avaient conduits à mettre la main sur Alexandre. Michelle ne prononça pas un mot mais son visage se décomposa lentement à l'écoute des révélations faites par les policiers en tenue. Elle posa sur son fils un regard dans lequel se lisait l'incompréhension la plus totale et lui demanda d'une voix tremblante :

- Mais pourquoi ? Pourquoi ? Qu'est-ce qui t'a pris ?

L'adolescent gardait obstinément les yeux rivés au sol. Elle s'approcha et le saisit par les épaules.

- Alexandre, tu nous dois une explication. Regarde-moi ! Pourquoi te comportes-tu de cette façon ? Si nous avons fait quelque chose de mal, dis-le nous.

Les deux gardiens de la paix se sentaient gênés à présent. Leur mission était remplie et ils ne tenaient pas particulièrement à assister à la scène qui n'allait pas manquer de suivre. La jeune femme se tourna vers Bertrand assis sur sa droite et lui tendit quelques feuillets.

- Je vous prierais de bien vouloir lire et signer ce rapport. C'est une simple routine, malheureusement nécessaire. Nous sommes également tenus d'enregistrer votre fils pour son forfait. Il n'y aura vraisemblablement aucune poursuite, car c'est la première fois, mais attention à la récidive.

Bertrand signa les formulaires sans même les parcourir des yeux avant de les restituer à leurs propriétaires. Ceux-ci se levèrent, satisfaits, et saluèrent réglementairement avant de prendre congé.

Un silence pesant s'installa après leur départ. Alexandre s'extirpa lentement du fauteuil dans lequel il était assis et esquissa un pas en direction de la porte lorsque la voix impérieuse de sa mère résonna :

- Alexandre, où vas-tu ?

Ce dernier répondit avec lassitude :

- Excuse-moi, maman, mais je suis crevé. Je vais me coucher.

- Mais… ?! Tu ne peux pas faire ça !

Michelle était au bord de la crise nerveuse. L'indifférence glaciale dont son fils faisait preuve était plus que sa raison ne pouvait supporter après les quarante-huit heures d'angoisse qu'elle venait de vivre.

- Tu ne peux pas revenir entre deux policiers après trois jours de fugue et nous dire : "Je suis crevé, je vais me coucher." Est-ce que tu te rends compte de ce que nous avons subi ton père et moi ? Je pense que nous méritons un peu plus de considération de ta part.

Bertrand avait frémi à l'évocation de sa personne. Il savait que cela pouvait déclencher une colère incontrôlable chez Alexandre. Il ferma les yeux et attendit anxieusement la réaction de celui-ci. C'est avec un immense soulagement qu'il l'entendit répondre calmement :

- Excuse-moi encore, maman. Ne t'inquiète pas pour moi. Ça n'a rien à voir avec vous. Maintenant, je vais me coucher, bonne nuit.

Puis il tourna les talons et quitta la pièce.

Michelle voulut le suivre mais elle en fut empêchée par Bertrand qui la maintint fermement par le bras. Elle se tourna vers lui et demanda d'un air désespéré :

- Pourquoi est-il comme ça? Mon Dieu, qu'est-il arrivé à notre fils?

Bertrand haussa les épaules avec une moue qui exprimait parfaitement son incompréhension et son impuissance.

- Je pense que cela ne sert à rien de le harceler de questions. Ça ne peut que le buter davantage. Il vaut mieux faire comme si de rien n'était. Il finira bien par nous dire lui-même ce qui ne va pas.

Un tremblement soudain parcourut le corps de Michelle dont les yeux exprimaient brusquement l'effroi.

- Tu crois qu'il se drogue?

Bertrand la regarda, interloqué. Il n'avait aucunement besoin de simuler la surprise.

- On en parle de plus en plus dans les lycées, reprit-elle, et même dans les collèges. La police est totalement impuissante face à la montée du fléau. Les vendeurs fournissent les jeunes gratuitement au début afin qu'ils s'accoutument et ensuite...

- Tu ne penses pas que nous l'aurions remarqué si c'était le cas? intervint Bertrand en lui coupant la parole. Tu es médecin. C'est quelque chose que tu peux remarquer très facilement.

- À condition de lui prêter un minimum d'attention. Quand nous sommes-nous préoccupés de lui? Nous ne faisons jamais rien avec lui. Nous sommes complètement absorbés par notre travail, à qui nous donnons tout. Que reste-t-il pour lui? Nous l'avons sacrifié totalement. Il y a bon nombre d'adolescents qui ont commencé à se droguer pour moins que ça.

- Non, chérie, je suis persuadé que tu te trompes. Bertrand s'exprima avec le ton le plus rassurant possible. Il devait absolument lui enlever cette idée de la tête. Tu as raison. C'est vrai qu'il y a de plus en plus de jeunes qui touchent à la drogue, mais je reste persuadé qu'Alexandre n'en fait pas partie.

"De toute façon, les flics l'ont fouillé. S'il avait été en possession de quoi que ce soit, ils l'auraient trouvé. Non, cela n'a rien à voir avec la drogue. Son problème est sûrement beaucoup plus simple que ça. Mais il est inutile de nous torturer davantage l'esprit pour l'instant. L'essentiel est de l'avoir récupéré, sain et sauf. Le reste viendra en temps et en heure."

Michelle esquissa un pâle sourire, le premier depuis deux jours.

- Tu as raison, l'essentiel est qu'il soit là.

Elle dormit très mal cette nuit-là. Allongée sur le dos, les yeux grands ouverts malgré l'obscurité ambiante, elle ne pouvait s'empêcher de penser à Alexandre. La respiration calme et régulière de Bertrand, allongé à ses côtés, l'exaspérait profondément. Comment pouvait-il dormir aussi sereinement après ce qui s'était passé? Elle ne pouvait évidemment pas deviner que celui-ci était en fait parfaitement éveillé et essayait désespérément de trouver une solution aux problèmes qui n'allaient pas manquer de survenir dans les prochains jours.

L'un comme l'autre entendirent distinctement les mouvements feutrés d'Alexandre, dans le couloir, tout d'abord, puis dans la cuisine, pourtant située à l'autre bout de l'appartement. Aucun des deux cependant n'eut la mauvaise idée de se lever et de l'y rejoindre…

Le conducteur du véhicule de tête eut le malheur de réagir avec deux secondes de retard lorsque le feu passa au vert. Ce furent deux secondes de trop pour Bertrand qui se trouvait quelques voitures plus loin dans la file. Il écrasa rageusement l'avertisseur avec son poing en proférant des jurons à faire pâlir le carabin le plus endurci. Il était conscient que sa réaction était exagérée, même s'il était vrai que le trafic était particulièrement stressant, mais il avait le plus grand mal à se contrôler. Il avait eu un comportement exécrable toute la journée, y compris au bureau, où il s'était montré tellement odieux envers sa secrétaire que celle-ci l'avait menacé de partir sur-le-champ. Il accusait sans aucun doute le manque de sommeil qu'il avait accumulé les trois dernières nuits et qu'il avait essayé de compenser par une consommation excessive de café.

Il atteignit la rue Beautreillis un peu avant dix-huit heures. Il s'empressa de garer la voiture dans le box qu'il louait à cet effet et se hâta en direction de son domicile, de l'autre côté de la rue Saint-Antoine. C'était la première fois depuis une éternité qu'il rentrait de si bonne heure à la maison, mais il voulait éviter de laisser Michelle trop longtemps seule avec Alexandre.

Un silence total régnait lorsqu'il entra dans l'appartement. Il aperçut de la lumière provenant du salon et s'y dirigea sans tarder après avoir accroché son pardessus à l'un des portemanteaux du vestibule. Michelle était là, en train de boire du café, une cigarette à la main. Elle tourna lentement la tête vers lui lorsqu'il apparut. Ses yeux cernés et son teint pâle trahissaient une immense lassitude. Elle ne parut même pas s'étonner de l'heure inhabituelle à laquelle il arrivait. Il s'approcha d'elle et déposa un rapide baiser sur son front avant de l'interroger du regard.

- Je suis arrivée il y a une heure, il était dans sa chambre et il n'en a pas bougé depuis, expliqua-t-elle, ayant compris immédiatement à quoi il faisait allusion. Il n'est même pas sorti pour me dire bonjour. J'ai pourtant frappé à sa porte en lui expliquant que c'était la moindre des choses de venir me saluer. Il m'a dit "Bonjour maman" depuis l'intérieur, c'est tout. Rien de plus.

Bertrand, à l'écoute du récit fait par son épouse, ne savait s'il devait se réjouir ou être désolé du comportement d'Alexandre. Il estimait que la réaction de ce dernier vis-à-vis de Michelle était parfaitement injustifiée, mais elle le garantissait par là même de sa discrétion la plus totale. Il espérait avoir l'occasion de s'entretenir avec lui dans un avenir très proche. L'important pour lui était de gagner du temps. C'est pourquoi il se garda d'apporter des commentaires aux explications de Michelle. Il était de toute façon parfaitement inutile d'essayer de jouer le mari rassurant une fois de plus. Que pouvait-il faire, sinon répéter ce qu'il avait déjà dit ?

Michelle lui proposa une tasse de café tandis qu'elle écrasait sa cigarette dans le cendrier posé sur la table devant elle. Il déclina l'offre d'un signe de tête puis il demanda avec inquiétude en la voyant en allumer une nouvelle :

- Tu ne crois pas que tu devrais ralentir un peu ? Tu te fais du mal et ça ne résoud en rien le problème.

- Je t'en prie, pas de leçon de morale, répliqua-t-elle d'une voix lasse. Ça n'arrange peut-être rien, mais ça m'aide à supporter plus facilement la situation.

Il n'insista pas, préférant éviter une discussion supplémentaire parfaitement inutile. Cela lui faisait simplement mal de la voir souffrir ainsi.

- Je vais faire chauffer le repas, fit-elle soudain en se levant.

- Déjà ? Mais il n'est que six heures et quart.

- Oui, je sais, mais c'est le seul moyen dont je dispose pour le faire sortir de son trou, en dehors du bazooka.

L'opération s'était avérée beaucoup moins difficile que prévu. Elle avait frappé à la porte de la chambre de l'adolescent et avait simplement lancé : “Alexandre, nous passons à table!” puis elle avait rejoint Bertrand dans la cuisine sans même attendre de réponse. À la grande surprise du couple, il était arrivé moins de cinq minutes plus tard. Il s'était assis sans prononcer un mot et avait pris une bonne portion de salade composée que sa mère s'était empressée de lui présenter.

Ils en avaient terminé à présent avec l'entrée et Michelle déposa le plat de résistance sur la table.

- Martine nous a préparé un délicieux ragoût de mouton, fit-elle afin de briser le silence pesant qui n'avait été troublé jusqu'ici que par le bruit des couverts dans les assiettes. Je suis sûre que vous allez l'apprécier.

Elle servit tour à tour Alexandre et Bertrand qui reprirent aussitôt leur mastication silencieuse.

- Alors, c'est bon? demanda-t-elle après les avoir observés durant quelques instants. Ils avaient le nez dans leur assiette et l'un comme l'autre évitait tout geste qui aurait pu les mettre en contact tactile ou visuel. La situation était de plus en plus intolérable pour Michelle qui devait se faire violence pour contenir sa colère.

- Vous n'avez rien à dire? reprit-elle avec insistance. Je ne sais pas, moi, racontez-moi votre journée... Comment ça a été au lycée, Alexandre?

Celui-ci ne releva même pas la tête. Il se contenta, pour toute réponse, de hausser les épaules. Michelle le regarda un instant, l'air découragé, puis elle demanda sur un ton agressif :

- Qu'est-ce que ça veut dire, ce mouvement d'épaules? C'est une réponse, ça? Tu as perdu la faculté de parler ou bien tu penses que je ne suis pas assez intéressante pour t'abaisser à me répondre correctement?

Bertrand se redressa et lui lança un regard peu amène. Cette réaction eut pour seul effet d'attiser un peu plus sa colère. Elle le dévisagea à son tour et lui lança avec mépris :

- Quoi ? Qu'y a-t-il ? Est-ce que j'ai dit quelque chose que je n'aurais pas dû ? Tu me regardes comme si c'était moi qui venais de disparaître pendant deux jours sans donner de nouvelles et qui jouais les martyres à mon retour.

Bertrand la fixait toujours, désemparé. Il ne savait pas s'il devait se taire et la laisser épuiser sa rancœur ou s'il fallait au contraire tenter de l'apaiser, et risquer, par là même, de la rendre totalement hystérique. Il opta finalement pour la seconde solution.

- Calme-toi, je t'en prie... commença-t-il doucement, mais il n'eut pas l'occasion d'en dire plus. Elle était trop excitée pour entendre raison.

- Me calmer ? Ça, c'est un monde ! J'essaie seulement de parler avec mon fils, d'avoir un contact avec lui, chose que j'estime tout à fait normale, or, celui-ci m'ignore totalement ! Non, il ne m'ignore pas, il me méprise ! Et c'est moi qui dois faire attention ! Tu devrais me soutenir au lieu de te cacher le nez dans ton assiette et le relever uniquement pour me dire de me calmer ! Franchement, je ne te comprends pas, tu...

La suite de la tirade fut épargnée à Bertrand par le départ soudain d'Alexandre. Ce dernier, qui n'avait pas réagi depuis le début de l'affrontement, se leva subitement et quitta la pièce sans un mot sous l'œil médusé de ses parents. Ceux-ci entendirent quelques secondes plus tard la porte de sa chambre claquer violemment à l'autre bout du couloir. Bertrand se tourna alors vers Michelle et lui lança d'un air désabusé :

- Bravo, tu as réussi. Si c'est comme ça que tu comptes résoudre le problème...

Il laissa sa phrase en suspens, sachant qu'il était inutile d'en dire plus. Le désarroi de son épouse était visible. Maintenant que toute trace de colère avait disparu, elle réalisait pleinement la stupidité de son attitude.

- Je suis désolée, je ne sais pas ce qui m'a pris, commença-t-elle en baissant les yeux. Ça a été plus fort que moi. Je sais que je dois rester maître de mes réactions, mais je ne supporte pas la façon dont il se comporte. Qu'il ne veuille pas nous faire part de ses problèmes est une chose, mais pourquoi nous traiter comme des moins que rien ? Nous sommes ses parents, pas des étrangers. S'il a un problème, nous devrions être les premiers à qui se confier. Nous sommes là pour l'aider. Vraiment je ne le comprends pas…

Elle posa à nouveau son regard sur Bertrand.

- J'aimerais tellement être aussi fort que toi et pouvoir garder la tête froide comme tu le fais.

Ce dernier reçut le compliment sans broncher. Il s'appliquait à ne rien laisser paraître de son émotion. Son cœur venait pourtant d'être mis à rude épreuve ! Il parvint à répondre avec naturel :

- Je n'ai aucun mérite. Je reste simplement persuadé qu'il n'y a pas d'autre moyen pour gagner sa confiance que de le laisser venir à nous, sans le bousculer. Comme tu l'as dit très justement, nous sommes ses parents. Par conséquent, nous ne devons pas nous comporter avec lui comme des flics avec un délinquant et le presser de questions pour obtenir ses aveux. Ce n'est pas un malfaiteur. Sa fugue n'est peut-être que le premier acte concret d'une crise d'adolescence un peu violente qui le frappe de plein fouet et que nous n'avons pas su déceler à temps. Si c'est le cas, il n'est même pas conscient lui-même de la ou les raisons qui le poussent à agir ainsi. C'est pourquoi nous devons absolument garder un comportement d'adultes et faire preuve de tact et de compréhension. Et surtout, nous devons nous armer de patience…

Il était parfaitement soulagé à présent. Il avait finalement toutes les raisons d'être satisfait. Il savait que Michelle, désormais, suivrait ses conseils et éviterait de harceler

Alexandre. Quant à ce dernier, la réaction qu'il avait eue durant le repas prouvait qu'il était décidé à garder le silence. C'était un énorme progrès, même s'il était conscient du chemin qui restait à parcourir pour ramener l'adolescent à de meilleurs sentiments.

Jonathan repoussa la porte d'entrée avec le pied et laissa tomber ses bagages sur le sol avec un immense soupir de soulagement. Plus de dix heures s'étaient écoulées depuis le moment où il avait quitté le bateau sur lequel il avait passé un séjour inoubliable en compagnie de sa mère. Ils étaient arrivés à l'aéroport du Caire le matin à neuf heures pour apprendre que le départ de leur avion était légèrement retardé. Personne cependant n'avait été en mesure de leur fournir la moindre explication quant à la cause exacte du contretemps. Les Égyptiens étaient sans conteste des gens charmants, mais ils ne brillaient ni par leur rigueur ni par leur sens de l'organisation. Ils avaient finalement décollé après quatre heures d'attente insupportables, passées à consulter en alternance leur montre et le tableau d'indication des vols. Un vrai cauchemar ! Ils pouvaient malgré tout s'estimer heureux de revenir un dimanche. Ils n'avaient pas eu à subir la circulation intense d'un jour de semaine ordinaire. Enfin, il était là à présent, c'était l'essentiel.

Il enleva son blouson et l'accrocha à une patère à gauche de la porte avant de s'admirer dans la glace murale qui lui faisait face. Il n'était pas peu fier de son bronzage, même si ce n'était pas le souvenir le plus durable qu'il ramenait de son voyage féerique. Il sortit de sa contemplation narcissique à contrecœur et rassembla le peu de forces qui lui restait pour porter ses bagages jusque dans la chambre. À peine entré dans la pièce, il entreprit de les vider de leur contenu et de remettre chaque chose à sa place, malgré la fatigue intense qui l'habitait. Il était motivé par la pensée qu'il n'aurait pas à le faire le lendemain. Le tout lui prit un peu moins de trois quarts d'heure et, satisfait du résultat, il passa dans la cuisine afin de trouver quelque chose pour étancher la soif terrible qu'il ressentait. Ses yeux mirent quelques dixièmes de secondes avant de s'habituer à la clarté crue du puissant néon qui constituait la seule source lumineuse de la pièce. Il faudrait enfin qu'il se décide à changer ce système d'éclairage ! C'était effectivement efficace, mais un peu trop agressif à son goût. Il en était toujours ainsi lorsqu'il s'était absenté quelque temps, et puis, la routine s'installant à nouveau, il oubliait, jusqu'à la prochaine fois. Il prit un verre dans un des placards muraux et le remplit d'eau du robinet. Il en avala le contenu avidement avant de le remplir une seconde fois. Il n'avait pas réalisé à quel point il avait soif. Il reposa le verre de nouveau vide près de l'évier et aperçut l'emballage d'un paquet de biscottes, à côté duquel se trouvait un pot de confiture ouvert, avec une cuillère abandonnée à l'intérieur. Il retira celle-ci avec une moue d'impatience avant de remettre le couvercle en place. Il comprenait tout à fait qu'Alexandre ait ressenti le besoin d'avaler un petit en-cas après "l'effort", mais il estimait que la moindre des choses aurait été de ranger après lui. Cela prouvait pour le moins que son "service" ne lui avait pas coupé l'appétit. C'était bon signe. Il passa dans le salon, l'esprit encore amusé par cette pensée, et s'approcha de la chaîne hi-fi. Il avait un besoin vital d'entendre de la "vraie" musique. Il n'avait eu droit qu'à des rythmes arabes durant toute la semaine et, bien que cela contribuât efficacement au dépaysement qu'il recherchait, il se réjouissait de pouvoir enfin écouter un genre musical correspondant plus à ses goûts. Il plaça un disque compact dans le compartiment prévu à cet effet et mit en marche.

Les premières notes de l'adagio d'Albinoni se firent entendre tandis qu'il s'installait dans son fauteuil préféré. Il n'eut pas le loisir d'apprécier la qualité du moment bien longtemps. Son regard tomba tout d'abord sur la bouteille de vodka couchée sur la table, vide. Puis il vit un verre sur le sol. Il se pencha pour le ramasser et le porta à ses narines afin d'en sentir l'arôme. Il esquissa une grimace de dégoût et le posa avec un geste vif sur la table. C'est à ce moment-là qu'il remarqua que les coussins du divan étaient en désordre, comme si quelqu'un avait dormi dessus. Jonathan contemplait le spectacle, perplexe. Il espérait qu'Alexandre n'avait pas eu la bonne idée de se saouler avant l'arrivée de Jean-Luc afin de combattre son appréhension et se soit endormi sur le divan, ivre mort. Il devait malheureusement attendre le lendemain avant de pouvoir obtenir une explication. Il n'y avait rien d'autre à faire pour le moment.

Il porta la bouteille et le verre trouvé sur le sol dans la cuisine puis il entreprit de redonner un peu de forme aux coussins du divan. Une fois cette opération terminée, il jeta un coup d'œil circulaire afin de vérifier que tout était en ordre, et ensuite, satisfait du résultat, il se laissa tomber mollement dans son fauteuil et se plongea dans l'écoute de son morceau choisi. Mais malgré ses efforts, il ne parvenait pas à se concentrer sur la progression lancinante du chef-d'œuvre musical. Son esprit était perturbé par des pensées parasites dues à l'ensemble de détails étranges qu'il venait de découvrir. C'était curieux, malgré tout. Mais que pouvait-il faire ? Il y avait bien le téléphone à côté de lui, mais il ne pouvait pas appeler Alexandre de toute façon. Il ne voulait pas prendre le risque de briser une fois de plus l'accord qu'ils avaient passé. L'évocation du téléphone l'amena à des considérations plus terre à terre. Il était curieux de savoir s'il y avait des messages laissés par des clients. Il appuya sur le bouton de commande de lecture, sans résultat. Il essaya les autres touches de l'appareil avec le même manque de succès. “Merde, c'est à son tour d'être détraqué à présent !” maugréa-t-il entre ses dents. Peut-être y avait-il quelque chose avec le téléphone lui-même ? Il prit le combiné et le colla à son oreille. Il n'y avait pas de tonalité. Tout cela commençait à l'agacer prodigieusement. Il ne se sentait pas du tout d'humeur à supporter ce genre d'inconvénients. Il suivit machinalement le fil de l'appareil des yeux et constata avec surprise que celui-ci était débranché. Son incompréhension était totale désormais. Il remit le contact en place et appuya fébrilement sur la touche de lecture des messages après avoir vérifié que la tonalité était revenue. Il reconnut immédiatement la voix de l'homme qui s'adressait à Alexandre en l'appelant par son prénom. C'était la voix de Jean-Luc. Il aurait pu la reconnaître entre mille. Il était effondré. Il réécouta la bande plusieurs fois, écarquillant les yeux un peu plus à chaque audition.

Comment Jean-Luc connaissait-il le prénom d'Alexandre ? Il avait pourtant bien prévenu ce dernier de ne pas dévoiler sa véritable identité.

Pourquoi s'adressait-il ainsi à l'adolescent ? Et pourquoi celui-ci refusait-il de répondre ?

Les questions affluaient à son cerveau à un rythme infernal qui finissait par lui faire tourner la tête. Il avait envie de prendre des cachets d'aspirine et d'aller se coucher, mais il savait par avance qu'il était vain d'essayer de trouver le sommeil tant qu'il n'aurait pas eu les réponses à ses questions. Il devait contacter Alexandre, coûte que coûte.

Il décrocha le combiné et composa le numéro avec des gestes secs et nerveux. Il ne pouvait s'empêcher de se mordre les lèvres tandis qu'il attendait impatiemment une réaction à l'autre bout de la ligne. Il poussa un soupir de soulagement lorsqu'il entendit enfin le déclic si familier dans l'écouteur.

- Allô ! fit une voix masculine que Jonathan supposa appartenir au père d'Alexandre.

- Bonsoir, monsieur… commença-t-il timidement. Excusez-moi de vous déranger, mais c'est très important. Je suis un camarade de classe d'Alexandre et je ne me rappelle plus si c'est demain que le prof de maths est absent ou après-demain. Pourrais-je lui parler ?

Bertrand faillit lâcher le combiné sous l'effet de la surprise. Il n'en croyait pas ses oreilles. Il reconnaissait cette voix, il en était sûr. Mais n'était-ce pas là un effet de son imagination ? Il décida d'en avoir le cœur net.

- C'est de la part de qui ? demanda-t-il en changeant le ton de sa voix autant qu'il lui était possible.

- Jonathan, annonça le prostitué qui était loin de se douter de l'identité de son interlocuteur.

- Jonathan ! souffla ce dernier. Il avait dû se faire violence pour ne pas hurler dans l'appareil. Il plaqua le combiné tout contre sa bouche puis il reprit à voix basse : "Jonathan, reprit-il en essayant de se maîtriser, c'est Jean-Luc, ton client et… le père d'Alexandre.

Il avait lâché les derniers mots avec difficulté.

Jonathan resta sans voix. Il était littéralement paralysé par la révélation soudaine qui venait de lui être faite. Il essaya de remettre de l'ordre dans ses idées, mais son cerveau semblait vidé de toute substance. Il se refusait à admettre l'horrible vérité.

- Écoute-moi bien, reprit Bertrand, toujours en chuchotant. Il prenait soin de détacher chaque mot afin que le prostitué comprenne parfaitement. Je ne veux pas savoir comment tu as entraîné mon fils dans ton sillage, mais à partir de maintenant, tu nous oublies, lui et moi. Je t'assure que si jamais tu cherches par un moyen ou un autre à entrer en contact avec lui, je ne réponds de rien. Je peux être capable du pire pour le sortir de tes sales pattes.

Il raccrocha d'un geste rageur. Jonathan garda le combiné encore un long moment contre son oreille avant de le reposer lentement, comme à regret. Il était toujours dans l'incapacité de réagir. Tout était pourtant clair dans son esprit à présent, mais le choc de la surprise avait fait soudain place à une sensation de vide absolu.

Il se leva péniblement et commença à marcher de long en large dans la pièce, cherchant par là un moyen de réfléchir plus facilement à la situation et à la suite à lui donner. Il devait parler à Alexandre, coûte que coûte. Ce dernier était certainement dans tous ses états et il en était le seul et unique responsable. Il sentait de son devoir de lui apporter un peu de réconfort. Il décida d'aller attendre l'adolescent à la sortie du lycée le lendemain, passant outre aux menaces proférées par Jean-Luc…

* * *

Alexandre prenait son temps pour ranger ses affaires dans son sac et ses camarades de classe étaient dehors depuis longtemps lorsqu'il franchit la porte de la salle dans laquelle s'était déroulé le dernier cours de la journée, un cours d'anglais qu'il avait trouvé particulièrement long et fastidieux, lui qui d'ordinaire adorait l'étude des langues étrangères. En fait, c'était la journée dans son ensemble qui avait été un véritable supplice. Il avait cru ne jamais en voir la fin.

Il traversa la cour du lycée d'un pas lent. Sa démarche aurait pu le faire passer pour un promeneur solitaire admirant le décor somptueux des jardins, mais son esprit était loin d'être absorbé par la beauté environnante.

Il aperçut Jonathan sur le trottoir d'en face à l'instant même où il franchissait le porche d'accès de l'établissement. Il détourna la tête immédiatement et accéléra le pas. Il resta insensible aux interpellations de son ancien amant qui avait traversé la rue et arrivait en courant derrière lui. Parvenu à sa hauteur, ce dernier ajusta son pas sur celui de l'adolescent, en prenant bien soin d'éviter tout contact physique qui, il le savait, entraînerait une réaction de rejet immédiate.

- Alexandre, je suis au courant de tout. Je suis vraiment désolé…

L'adolescent continuait d'avancer, le regard toujours dirigé droit devant lui.

- Je sais ce que tu penses et je te comprends parfaitement. J'essaie de me mettre à ta place.

- Te mettre à ma place ?

Alexandre s'était arrêté net et il fixait à présent son interlocuteur avec un regard dans lequel se lisait un mélange de haine, d'incrédulité et de dégoût.

- Tu rigoles ou quoi ? Qui est-ce qui m'y a mis à cette place ? Est-ce que je t'ai demandé quelque chose ? Tu as profité de moi et j'ai été assez con pour me laisser avoir et voilà le résultat. Trouve-toi un autre pigeon et oublie-moi. Je ne veux plus jamais te revoir.

Il voulut reprendre sa marche mais Jonathan le saisit par le bras d'une main ferme.

- Attends, donne-moi au moins une chance d'expliquer ce que je ressens, même si pour toi je suis le pire des monstres que la terre ait jamais porté. Ce qui s'est passé est un concours de circonstances malheureux que je suis le premier à regretter et crois-moi, s'il était dans mon pouvoir de changer les choses…

- Tu as fini ? le coupa Alexandre sur un ton peu amène. C'est bon, je peux y aller ?

Il essayait de libérer son bras toujours emprisonné par la poigne de Jonathan, sans succès.

- T'inquiète pas, je ne vais pas te retenir longtemps. Je voulais juste te dire combien je regrette ce qui arrive et que mon but n'a jamais été de profiter de toi. J'ai des sentiments sincères pour toi et je veux essayer de t'aider du mieux possible. Je sais combien la situation doit être difficile et tu ne pourras pas y faire face tout seul. Laisse-moi t'aider.

- Plutôt crever ! Je ne veux plus rien avoir à faire avec toi ! Tu veux m'aider ? Alors fous le camp, dégage, disparais de ma vie ! Tu l'as assez bousillée comme ça !

- Tu as raison, c'est tout ce que je mérite. Tu ne veux plus me voir et je te comprends parfaitement, mais je veux que tu saches que, si un jour, tu changes d'avis, tu seras toujours bienvenu et je ferais tout à ce moment-là pour réparer mon erreur. Voilà, c'est tout.

Le repenti sincère du prostitué fut accueilli par un sourire méprisant de l'adolescent. Celui-ci libéra son bras sans proférer un son avant de s'éloigner d'un pas rapide.

* * *

- Tu dois vraiment y aller ?

Le ton de la voix exprimait un intérêt sincère. Michelle prit le temps de se verser une nouvelle tasse de café avant de répondre :

- Oui, j'y tiens absolument. J'ai une relation tellement forte avec cette vieille dame que je me dois d'être présente au moment de sa mort, même si c'est un dimanche.

Bertrand le savait parfaitement. Ce n'était pas la première fois qu'elle allait à l'hôpital durant un de ses jours de repos uniquement pour apporter un soutien moral à l'un de ses patients. Elle avait sacrifié de nombreux week-ends de cette manière mais elle avait un tel amour de son métier et de ses malades qu'elle se sentait obligée d'accourir au moindre problème. Elle mettait cela sur le compte de la conscience professionnelle mais Bertrand n'était pas dupe. Il savait pertinemment que le talent médical de son épouse n'avait rien à voir. Elle était tout simplement d'une dévotion qui tendait vers la sainteté. Il s'était d'ailleurs souvent moqué d'elle à ce sujet, l'appelant parfois mère Thérésa, en référence à la sainte femme de Calcutta. Cette fois-ci, il s'abstint de tout commentaire déplacé. L'humeur n'était pas à la plaisanterie. Deux semaines s'étaient écoulées depuis la fugue d'Alexandre durant lesquelles rien n'avait été comme avant. L'adolescent passait ses soirées, enfermé dans sa chambre, n'en sortant que pour venir s'alimenter et il regagnait son abri sitôt ingurgitée la dernière bouchée. Michelle avait tenté à plusieurs reprises de dialoguer avec lui mais il s'était toujours esquivé sans lui accorder la moindre chance. Les repas étaient devenus une véritable torture pour elle. Chacun restait le nez plongé dans son assiette et semblait éviter tout contact visuel ou verbal avec les autres. Les tentatives qu'elle avait faites pour dérider l'atmosphère pesante s'étaient toujours soldées par un échec. Au début, elle avait cherché un soutien chez Bertrand, mais le ton calme et assuré avec lequel ce dernier exposait inlassablement la même théorie sur les problèmes de l'adolescence avait plus fini par l'exaspérer que la consoler.

Elle reposa sa tasse d'un geste sec et se leva d'un bond.

- J'y vais. Ne m'attends pas pour le déjeuner, je mangerai sur place.

- Tu penses que ça va être aussi long ?

- Que veux-tu que je te réponde ? Tu veux que je lui fasse une injection pour la faire mourir plus vite ?

Bertrand reçut la réplique acerbe sans broncher, réalisant pleinement la stupidité de sa question. Il suivit son épouse dans le couloir et l'aida à enfiler son manteau, mettant dans son geste toute la tendresse dont il était capable.

- Merci, chéri, ça fait longtemps que tu n'as pas fait preuve de galanterie. Ça fait plaisir.

- Avoue que tu ne m'en donnes pas souvent l'occasion.

Elle sourit devant son air boudeur qui faisait penser à un gamin vexé par une remontrance injuste de ses parents.

- C'est vrai, tu as raison. Elle lui caressa la joue du plat de la main. Je ne suis pas vraiment ce qu'on appelle la femme idéale. Son air s'assombrit soudainement. La mère non plus apparemment…

Bertrand lui appliqua promptement son index sur la bouche.

- Non, s'il te plaît, ne commence pas. Il lui prit le visage entre les mains avant de reprendre : "Je ne voudrais pas que tu gâches ce moment."

Il se rapprocha doucement et lui donna un baiser du bout des lèvres. Puis il l'enlaça avec vigueur et ils s'embrassèrent fougueusement, oubliant pour un instant tout des problèmes auxquels ils étaient confrontés. Ils se regardèrent encore un long moment après leur étreinte, main dans la main, comme s'ils voulaient prolonger l'instant au maximum. Leur échange passionné semblait les avoir à nouveau rendus complices.

- Regarde ce que tu as fais, grand nigaud !

Michelle s'appliquait à remettre de l'ordre dans sa coiffure et sa tenue vestimentaire, pourtant peu touchées par leurs effusions. Mais c'était là un moyen pour elle de masquer les émotions profondes qui l'habitaient.

- Bon, cette fois-ci, j'y vais.

Elle lui donna un rapide baiser et sortit sans plus attendre. Bertrand resta encore un moment dans le couloir, pensif. Le grincement caractéristique de la grille de l'ascenseur lui parvint depuis le palier et il suivit mentalement la progression de l'engin dans la cage d'escalier. Il attendit encore un instant, puis il commença à avancer à pas feutré dans le couloir. Michelle en avait pour un moment, il n'avait aucune raison de se presser. Il s'efforçait de conserver son calme mais il avait du mal à empêcher son cœur de battre la chamade. C'était la première fois qu'il se retrouvait seul dans l'appartement avec Alexandre et il était décidé à en profiter pour essayer de le raisonner et mettre ainsi fin à une situation par trop intolérable. Parvenu à l'extrémité du large corridor, il bifurqua sur sa droite et s'engagea résolument dans le renfoncement où se trouvait la chambre de l'adolescent. Il frappa doucement à la porte.

- Alexandre, ouvre-moi.

Il avait presque chuchoté. Il ne voulait pas risquer de brusquer l'adolescent et lui faire peur comme lors de leur rencontre chez Jonathan. L'absence totale de réaction qui suivit son appel ne le surprit pas le moins du monde et il réitéra ses coups avec la même contenance.

- Alexandre, je sais que tu m'entends. Écoute, nous ne pouvons pas continuer comme cela. Ça ne rime à rien. Ta mère est dans tous ses états. Elle n'a pas mérité d'être traitée ainsi.

Il marqua une pause, guettant le moindre signe à l'intérieur de la pièce. Mais sa seconde tentative n'avait apparemment pas eu plus d'effet que la première. Il en fallait plus cependant pour le décourager. Il était fermement décidé à aller jusqu'au bout cette fois-ci, quoi qu'il en coûte…

* * *

Les grincements métalliques de l'ascenseur ancestral qui, d'ordinaire l'irritaient au plus haut point, la laissaient aujourd'hui parfaitement indifférente. Elle pensait encore à l'instant magique qu'elle venait de vivre avec Bertrand. Cela pouvait sembler banal pour la plupart des couples mais Bertrand n'avait jamais été un homme très expressif et ce simple geste de sa part signifiait beaucoup pour elle. Il était la preuve éclatante qu'il éprouvait encore des sentiments profonds à son égard, ce dont elle avait fini par douter durant ces dernières années. L'attention dont il avait fait montre au début de leur mariage s'était atténuée peu à peu pour faire place a l'indifférence. Elle avait souvent ressenti qu'il avait l'esprit ailleurs lorsqu'ils passaient une soirée ensemble. La plupart du temps, il semblait ne prendre aucun plaisir à leurs conversations, comme s'il ne trouvait aucun intérêt à leur tête-à-tête. Elle n'avait jamais fait la moindre allusion à ce sujet cependant, par peur d'obtenir l'effet inverse de ce qu'elle recherchait. L'idée de l'existence d'une maîtresse l'avait bien sûr effleurée quelquefois, mais elle l'avait toujours chassée au plus vite, se refusant à croire que Bertrand puisse appartenir à cette catégorie d'individus innommables qui trompent leur partenaire. Si maîtresse il y avait, c'était sans aucun doute son activité professionnelle, qui lui prenait un temps et une énergie considérables. Bertrand avait toujours été un forcené du travail, tout comme elle d'ailleurs, et de nombreux foyers avaient été détruits à cause de cela. Finalement, ils ne s'en tiraient pas trop mal… Elle sourit intérieurement à cette pensée et c'est avec un cœur plus léger qu'elle ouvrit la porte de l'ascenseur parvenu enfin à destination.

Elle prit soin de relever le col de son manteau avant de sortir de l'immeuble afin de se protéger au mieux de la pluie fine et glacée qui tombait inlassablement et c'est en maudissant les éléments qu'elle s'engagea sur le boulevard heureusement désert en direction du square Montaigne. Elle avait à peine parcouru deux cents mètres qu'un doute lui vint à l'esprit. Elle s'arrêta net et entreprit de fouiller dans les poches de son manteau puis dans son sac à mains. Quelques secondes lui suffirent pour se rendre à l'évidence : elle avait oublié ses clefs de voiture, une fois de plus. Elle referma son sac d'un geste rageur avant de retourner sur ses pas, pestant intérieurement contre elle-même et sa tête de linotte. Elle poussa violemment la lourde porte vitrée de l'immeuble et se dirigea d'un pas saccadé vers la cage d'ascenseur, désespérément vide.

- Comme par hasard, ce foutu machin n'est pas là ! maugréa-t-elle entre ses dents en appuyant nerveusement sur le bouton d'appel. L'attente lui parut insupportable et son humeur était massacrante lorsqu'elle s'engouffra enfin dans la cabine vétuste. Elle pria pour que Bertrand n'ait pas fermé la porte à clef après son départ et c'est avec soulagement qu'elle entra dans l'appartement sans le moindre problème. Elle savait où chercher et elle passa immédiatement en revue les poches de la veste qu'elle portait la veille. Elle en retira le trousseau tant désiré avec un sourire de triomphe et s'apprêtait à ressortir lorsque des voix lui parvinrent depuis l'extrémité du couloir. Les sens subitement en éveil, elle avança dans le corridor d'un pas feutré.

Elle reconnut immédiatement la voix caverneuse de Bertrand, mais sans parvenir cependant à comprendre ce qu'il disait. Elle continua sa progression sur quelques mètres puis elle s'arrêta net, l'oreille tendue. À présent, tout lui parvenait distinctement.

- Tu ne crois pas qu'il est temps de mettre fin à cette comédie ?

C'était de nouveau la voix de Bertrand. Je sais que je n'ai jamais été un père digne de ce nom pour toi, et je comprends parfaitement ta réaction, mais aujourd'hui, nous avons la possibilité de réparer tout le mal que je t'ai causé. Donne-moi au moins cette chance, il n'est pas trop tard. Nous pouvons même avoir une relation plus forte que la normale car nous sommes liés par un secret, un secret qui ne concerne que nous.

Il s'arrêta un instant, à court d'idées. Son impuissance à trouver les mots justes susceptibles de provoquer une réaction chez l'adolescent le rendait furieux. Il fit un effort sur lui-même pour ne pas s'emporter et il reprit sur un ton partiellement maîtrisé :

- Que me reproches-tu ? D'être homosexuel ou d'avoir découvert que tu l'étais aussi ? Nous pouvons en discuter, c'est uniquement comme ça que nous parviendrons à régler notre différend, comprends-tu ? Alexandre, réponds-moi, je t'en prie ! Je sais très bien que tu n'es pas un prostitué. Tu t'es simplement laissé entraîner par ce petit salaud de Jonathan. C'est lui le responsable de tout.

- C'est trop facile de mettre la faute sur les autres !

La remarque cinglante l'avait atteint de plein fouet au moment où il s'y attendait le moins. Il n'eut pas le temps d'accuser le coup car Alexandre continuait sur sa lancée avec le même ton haineux.

- C'est toi qui l'as appelé pour obtenir un rendez-vous. C'est encore toi qui as "pleuré" devant son refus, parce que "monsieur Jean-Luc" ne pouvait pas attendre. Et c'est toujours toi qui as bien voulu te "sacrifier" en acceptant un remplaçant, trop heureux en fait à l'idée de te farcir un mineur. Un petit jeune inexpérimenté, tu as presque joui au téléphone quand tu as entendu ça ! Tu n'es qu'un vieux salaud, un porc !

- C'est vrai, tu as raison. Je me suis laissé tenter et je le regrette sincèrement. Cela va me servir de leçon pour le restant de mes jours, crois-moi ! J'ai commis une erreur, c'est vrai, mais personne n'est infaillible. Tout le monde a fait une connerie au moins une fois dans sa vie. Toi-même tu en as fait une en voulant te prostituer pour un soir et...

- Je ne me suis pas prostitué ! Alexandre avait presque crié. J'ai simplement voulu rendre service à mon ami. Je n'ai pas fait ça pour l'argent mais par amour. Ça t'en bouche un coin, hein ? Tu ne sais pas ce que c'est, toi, l'amour ! Toi, tu payes pour du sexe, c'est tout. Où sont les sentiments là-dedans ? Et si un ne fait pas l'affaire, tu en prends un autre, et plus il est jeune, mieux c'est. Et tu me sors ta belle morale à propos de maman. "Ta mère ne mérite pas ça." Est-ce qu'elle a mérité un mec comme toi ? Qu'est-ce que tu as fait pour elle ?

Plus rien ne semblait pouvoir arrêter le flot de haine qu'il avait accumulé durant tout ce temps.

- Pendant des années, tu t'es éclaté avec ton fric pourri, préférant te farcir un gigolo après le boulot plutôt que de rentrer à la maison. J'ai souvent vu maman te préparer un super repas, mettre des fleurs et des bougies sur la table en espérant te faire une surprise et toi, toi, tu téléphonais tout à coup à une heure pas possible pour dire que tu avais un rendez-vous subit ou trop de boulot ou je ne sais quel prétexte bidon et en fait, tu allais t'envoyer en l'air! Tu es la pire ordure que je connaisse. Je te déteste!

Il avait à peine terminé sa phrase qu'un bruit métallique se fit entendre depuis le couloir. Bertrand avait pâli. Il regarda stupidement dans la direction d'où lui était parvenu le son incongru, incapable de réagir. Les battements de son cœur s'étaient accélérés et lui martelaient à présent la poitrine sur un rythme démentiel. Il attendit encore quelques instants, puis il longea prudemment le mur jusqu'à l'angle du corridor. Il avança la tête et son sang se glaça dans ses veines. Michelle était là, adossée contre le mur, les yeux agrandis par l'effroi. Elle avait le souffle court et sa bouche ouverte semblait chercher désespérément l'air qui lui manquait. Bertrand vit traîner à ses pieds un trousseau de clefs qui était probablement à l'origine du bruit qui l'avait alerté.

Il s'avança lentement jusqu'à elle, cherchant mentalement comment il devait aborder la situation. Michelle le regarda approcher sans dire un mot.

- Mais... que fais-tu là? commença-t-il maladroitement. Euh... je veux dire... je croyais que tu étais à l'hôpital.

Les lèvres tremblantes et le regard fixe, elle semblait incapable de répondre. Il avança les mains afin de la saisir par la taille.

- Ne me touche pas!

Michelle avait prononcé chaque mot lentement et à voix basse, mais Bertrand n'eut aucun doute quant à la détermination qui l'habitait. Ils se dévisagèrent en silence, comme si chacun attendait que l'autre s'exprime. Ce fut elle qui se décida, sur un ton anormalement calme, mais les stigmates nerveux autour de ses lèvres trahissaient son émotion.

- J'ai tout entendu, enfin… tout, je ne sais pas, mais je crois avoir entendu l'essentiel.

Ses yeux s'embuèrent de larmes. Elle faisait visiblement un effort violent pour ne pas craquer. "Comment as-tu pu faire ça ? Comment peut-on être aussi mesquin, aussi bas ?"

- Je suis…

La tentative malheureuse de Bertrand fut interrompue sèchement.

- Non. Ne dis rien. Tu t'es tu durant toutes ces années, il n'y a aucune raison pour que tu commences à parler maintenant. Tu m'as trompée, et avec des hommes ! Et encore, si c'était des hommes, mais apparemment, tu préfères les adolescents. Pourquoi n'es-tu jamais allé en Thaïlande ? Là-bas, on peut louer des enfants pour une journée, voire une semaine, des enfants de cinq ou six ans, ça ne te tente pas, ça ? Ça serait encore mieux pour toi. Tu pourrais faire concurrence à Dutroux !

Bertrand ne cherchait plus à l'arrêter. Il savait qu'il était inutile de tenter de la raisonner pour l'instant. Elle hurlait presque, à présent, tandis que des larmes commençaient à couler le long de ses joues.

- Non, en fait, ça ne peut pas te convenir, parce que leur pénis est trop petit. À toi, il te faut une bonne queue, bien dure. C'est meilleur. Évidemment, tu es mal loti avec moi. Je n'ai qu'une paire de seins à te proposer, et qui tombent en plus. C'est vraiment un comble. Quant à mon trou, ça, tu peux le trouver aussi chez tes petits amis. Un bon petit trou bien étroit, c'est mieux qu'un vagin complètement détendu, n'est-ce pas ? Réponds ! Pourquoi ne dis-tu rien ? Pourquoi ?

Elle saisit Bertrand par le col de sa chemise et le secoua de toutes ses forces.

- Salaud ! Salaud ! Tu n'es qu'un pauvre type !

Elle serra les poings et commença à le frapper hystériquement au visage et au corps tout en proférant des insultes.

Bertrand reçut la pluie de coups sans broncher. Elle s'effondra définitivement en larmes tandis que ses mouvements désordonnés se faisaient plus rares et moins violents. Elle continua d'essayer de l'atteindre bien après que ses dernières forces furent épuisées, balançant ses bras mollement dans l'air comme un pauvre pantin désarticulé, puis elle tomba à genoux et resta dans cette position, la tête rentrée dans les épaules et le corps secoué de lourds sanglots. Bertrand attendit un instant, désemparé, puis il approcha doucement la main vers sa nuque. Elle frémit de dégoût à ce contact et le repoussa sèchement d'un geste peu amène.

- Jamais je ne te pardonnerais. Je ne pourrai plus te regarder en face. Tu t'en vas ou c'est moi qui pars.

Elle s'était exprimée sur un ton glacial qui fit frissonner Bertrand.

- Accorde-moi une chance, fit-il implorant.

- M'as-tu donné une chance, à moi ? Aucune. Va-t'en.

- Mais, je ne peux pas partir comme ça… laisse-moi au moins un peu de temps.

- Non. Va dormir à l'hôtel, où tu veux, je m'en fiche. Pourquoi ne vas-tu pas chez l'une de tes petites putes ? Comme ça tu joindras l'utile à l'agréable. Elle émit un rire sarcastique. Va où tu veux, ça m'est égal, l'essentiel est que tu partes. Et n'espère pas que je vais changer d'avis. C'est définitif. Prends quelques affaires, tu pourras toujours revenir chercher le reste plus tard, quand tu seras installé. Je vais prendre contact avec un avocat dès demain et entamer la procédure de divorce.

Bertrand savait qu'il n'y avait plus rien à ajouter. Il se retira dans la chambre conjugale et commença à rassembler des vêtements et tout ce qui pouvait lui être nécessaire durant les prochains jours. Il pouvait entendre les sanglots de Michelle, toujours prostrée dans le couloir, tandis qu'il actionnait le mécanisme d'ouverture de sa valise…

* * *

- Ça fait un mois maintenant et je ne vois toujours pas la moindre amélioration.

Michelle écrasa sa cigarette avec des gestes secs et nerveux. Vraiment, je ne sais plus quoi faire.

Elle regarda d'un air désespéré l'homme qui lui faisait face de l'autre côté du bureau. Paul Lombard était un éminent psychiatre et, surtout, un ami intime. Elle venait de lui raconter toute l'histoire, sans omettre un seul détail. Elle avait pourtant longuement hésité avant d'avoir recours à lui. Malgré les liens d'amitié très profonds qui les unissaient, elle avait le sentiment, en lui confiant ce lourd secret, de trahir Alexandre. Mais elle n'avait plus la force de subir seule son cauchemar quotidien.

Elle avait tenté tout ce qui était humainement possible pour redonner à son fils la joie de vivre et une certaine confiance en lui-même après que Bertrand les eut quittés, mais ses tentatives s'étaient toujours soldées par un échec. Alexandre avait pourtant accepté de se confesser à elle dans les minutes qui avaient suivi le départ définitif de son père. Cela n'avait pas été facile, bien sûr, et Michelle avait dû se battre pour faire sortir l'adolescent de son mutisme forcené. Elle avait écouté le récit effroyable en silence, en prenant soin de ne montrer aucune émotion susceptible d'embarrasser l'adolescent. Elle n'avait pu cependant empêcher quelques larmes de couler le long de ses joues après que le dernier mot de l'histoire eut été prononcé. Elle avait alors entouré le visage d'Alexandre de ses mains et l'avait forcé à relever les yeux, qu'il avait gardés baissés tout au long de sa confession. Ils étaient rouges et, au contact du regard de sa mère, ils commencèrent à s'emplir de larmes. Ils s'effondrèrent alors dans les bras l'un de l'autre et pleurèrent en silence durant de longues minutes. Michelle croyait à ce moment-là avoir gagné sa confiance mais il s'écarta brusquement et quitta la pièce en toute hâte sans dire un mot. Elle l'entendit fermer la porte de sa chambre avec un pincement douloureux au cœur. Il ne ressortit pas de sa tanière cette après-midi-là, pas même pour déjeuner. Elle l'avait dûment sermonné ce même soir, afin qu'il sache qu'elle refusait catégoriquement un tel comportement de sa part à l'avenir. Elle voulait bien être compréhensive et l'aider à surmonter ses problèmes mais il devait y mettre du sien. Il avait bien fait quelques efforts, notamment en passant plus de soirées en sa compagnie après le dîner, mais il restait distant, inaccessible. La plupart du temps, il fuyait toute conversation et regardait la télévision sans donner l'impression cependant d'y prendre le moindre plaisir.

Michelle souffrait en silence. Elle avait accepté de prendre son mal en patience mais aujourd'hui, cette souffrance s'était transformée en torture, une torture intolérable. C'est pourquoi elle avait décidé de faire appel à son ami Paul.

- Et ses résultats scolaires, comment sont-ils? demanda ce dernier en s'appuyant un peu plus confortablement contre le dossier de son fauteuil.

Il avait un timbre de voix très agréable, qui ne s'accordait pas du tout avec son physique. Petit de taille et bedonnant, il avait un cou très court, presque absent, ce qui donnait l'impression que sa tête pouvait disparaître à tout moment, happée par les épaules. Son crâne dégarni aurait pu donner à son visage rondouillard un aspect lunaire sans la présence de petits yeux noisette pétillants de vie qui, par leur expression malicieuse, attiraient immédiatement l'attention de ses interlocuteurs.

- Ses résultats scolaires? Michelle avait répondu d'un air complètement désabusé. Je n'en sais rien du tout. Il ne m'en parle jamais et chaque fois que je lui ai posé des questions à ce sujet, il m'a toujours répondu : "Oui, oui, ça va!" en levant les yeux au ciel comme si je le barbais. Non, je te le répète, il n'y a rien à faire. Il s'est mis une carapace et je n'arrive pas à la percer. Cela devient plus qu'inquiétant. Vraiment, je suis à bout.

Elle sentit qu'elle était au bord des larmes et elle s'empressa d'essuyer le coin de ses yeux avec son mouchoir. Paul la regarda sans rien dire, les mains croisées sur son abdomen. Le cas qui lui était soumis revêtait un caractère inhabituel et nécessitait une réflexion approfondie. Il décroisa les mains et les posa à plat devant lui.

- Je comprends parfaitement que cette situation soit très pénible pour toi, tout comme elle l'est pour lui. Tu voudrais qu'il retrouve une vie et un comportement ordinaires comme cela, du jour au lendemain, mais ce n'est pas possible. Il a une blessure avec une plaie béante qui suinte. Il faut laisser le temps à cette blessure de se refermer en espérant qu'elle se cicatrise totalement. Ce n'est pas à toi qui es médecin que je vais expliquer ça. Par contre, dans l'état actuel des choses, je ne peux pas te donner d'indication sur le résultat final. Tant que tu refuseras de l'amener à un de mes confrères comme je te l'ai recommandé, je ne peux que te donner des conseils d'ami.

- Ce n'est pas que je refuse, intervint Michelle, mais je n'ose pas lui en parler. Je suis sûre qu'il va mal réagir et dire que c'est moi qui suis folle. Ça ne fera qu'empirer la situation.

- Tu as probablement raison. Il sait qu'il n'est pas "fou", comme tu dis. Il se débat dans un marasme duquel il croit ne jamais pouvoir sortir, que ce soit seul ou avec l'aide d'une tierce personne. Pour lui, il n'y a pas de solution possible. Il a eu une expérience homosexuelle qui s'est achevée dans les conditions tragiques que nous savons. Même si vous connaissez parfaitement le fond de l'histoire, toi et Bertrand, il est persuadé dans son inconscient que vous gardez en vous l'image de sa tentative malheureuse de prostitution, même si celle-ci ne devait durer qu'un soir. Il traîne cette faute comme un boulet, comme Jésus traînait la croix sur laquelle il allait subir son supplice, si je peux me permettre ce rapprochement. C'est un processus qui peut être très long. Il lui faut surmonter son handicap étape par étape : effacer son sentiment de culpabilité et découvrir sa sexualité, car, à mon avis, il ne la connaît pas encore. Personnellement, je doute qu'il soit vraiment homosexuel. Le jeune prostitué que l'on peut appeler son premier amour, a profité de sa vulnérabilité. C'est sûrement un type très intelligent qui a vu très vite comment il pouvait mettre son emprise sur ce jeune garçon naïf et... paumé.

- Paumé, c'est le mot, fit Michelle en baissant les yeux. Et c'est de ma faute. Si nous nous étions un peu plus occupés de lui, nous n'en serions pas arrivés là.

- Malheureusement, dans la vie, nous ne faisons pas toujours ce que nous voulons. Tous les enfants dont les parents ne s'occupent pas pour une raison ou pour une autre ne deviennent pas nécessairement criminels ou drogués. Même s'ils sont par définition plus fragiles que les autres, il y a malgré tout des concours de circonstances qui contribuent à ce résultat. Mais il est trop tard de toute façon pour faire ton autocritique. Concentrons-nous plutôt sur le présent. Alexandre est au centre d'un conflit énorme, gigantesque. Il n'a personne à qui se confier. Il s'est laissé aller avec toi, ce qui a sûrement été un soulagement pour lui, mais à présent, il a du mal à te regarder comme avant. Il se sent fautif et il voit sa faute en chacun de tes faits et gestes, même si tu te comportes de la façon la plus naturelle qui soit. Il traduit à sa manière le moindre de tes regards, la plus petite marque d'attention. C'est une situation difficile qui va te demander beaucoup de patience. Je sais que tu es à bout, mais tu dois tenir. D'un côté, il ne faut pas que tu lui donnes l'impression de vouloir trop t'occuper de lui, mais de l'autre, il faut que tu l'incites à sortir, à voir autre chose. Il serait bon qu'il pratique une activité qui lui permette de faire de nouvelles connaissances. À toi de jongler avec ce paradoxe. Sois attentive à ses désirs tout en lui laissant une grande liberté de manœuvre. Et surtout, laisse-lui le temps…

* * *

Deux mois passèrent, durant lesquels rien ne semblait avoir changé. Les jours s'étaient écoulés avec la même monotonie, chacun vaquant à ses occupations sans se préoccuper de l'autre. Michelle avait cru pourtant noter une légère amélioration dans le comportement de l'adolescent au cours des dernières semaines. Il lui paraissait s'ouvrir timidement et se sentir plus à l'aise en sa compagnie. Mais elle ne voulait pas s'enthousiasmer trop vite de peur d'être déçue. Paul, avec qui elle continuait d'entretenir des rapports réguliers, voyait l'évolution d'un très bon œil. Il avait une influence bénéfique sur elle, sachant trouver les propos rassurants sans tomber toutefois dans un excès d'optimisme de mauvais aloi et elle se sentait un peu plus confiante après chacun de leurs entretiens.

Un soir enfin, elle l'appela avec un enthousiasme débordant qu'elle ne cherchait pas du tout à maîtriser.

- Ça y est, Paul ! Il a enfin trouvé une activité qui l'intéresse : le cheval ! Il va faire de l'équitation.

- De l'équitation ?

- Oui ! Nous avons vu un reportage sur une compétition de sauts d'obstacles à Bercy et il s'est tout de suite emballé. Il m'a avoué qu'il avait toujours été fasciné par les chevaux et qu'il avait souvent pensé à essayer, mais il n'avait jamais vraiment osé nous en parler de peur d'avoir un refus.

Elle s'arrêta un instant avant de reprendre sur un air hésitant : “Enfin, c'est l'excuse qu'il m'a donnée, mais je sais très bien qu'il ne s'agit pas du tout de ça. En fait, nous en revenons toujours au même, nous n'étions absolument pas à l'écoute de ses désirs… Enfin, passons. Nous sommes tous deux conscients du problème. Cette fois-ci en tout cas, je l'ai encouragé du mieux que j'ai pu, et il a pris des renseignements dès le lendemain. Il commence la semaine prochaine. Alors, qu'est-ce que tu en penses ?"

- Eh bien, ma foi, que c'est une très bonne chose ! Il commence à sortir de sa léthargie et réalise enfin que la vie n'est pas tout à fait dénuée d'intérêts. Cela ne peut être que bénéfique. Maintenant, il ne reste plus qu'à souhaiter qu'il ne se casse pas une jambe. Tu as de nouveaux soucis en perspective !

Il avait choisi délibérément l'humour. Cette forme d'expression valait largement n'importe quel discours. Michelle l'avait bien compris et elle répondit avec la même ironie :

- Merci pour tes encouragements, ça fait plaisir ! Toi, au moins, tu sais comment réconforter tes clients.

Elle avait raccroché avec un sourire radieux sur les lèvres.

Alexandre était revenu de sa première leçon, enchanté. Il n'en finissait plus de s'extasier sur les instants paradisiaques qu'il venait de passer juché sur le dos de sa monture, un merveilleux exemplaire de ce que l'on appelait la plus belle conquête de l'homme, selon ses propres mots. Il n'avait pourtant appris que quelques rudiments de base dans un manège, sous la surveillance constante d'un moniteur. Mais il se réjouissait déjà des progrès rapides qu'il n'allait pas manquer de faire et des possibilités énormes qui allaient s'offrir à lui. Michelle, ravie, appréciait en silence les changements radicaux qui s'étaient opérés chez l'adolescent.

* * *

- Comment s'appelle-t-elle ?

Il lui tendait le verre de porto agrémenté d'une rondelle de citron comme elle lui avait demandé. Michelle prit le verre et le leva en direction de Paul avec un large sourire. Elle était radieuse et n'avait aucune raison de dissimuler son bonheur.

- Isabelle. C'est mignon, non ? Je ne l'ai pas encore vue, mais à entendre Alexandre, c'est la fille la plus belle et la plus merveilleuse du monde. C'est bien simple, elle a toutes les qualités. Même si c'est toujours comme ça quand on est amoureux, je me suis bien gardée de lui faire une réflexion. Oh, Paul, je suis tellement heureuse !

Ce dernier s'assit confortablement dans le fauteuil Louis XV qui faisait face à Michelle. Ils se trouvaient dans le salon de son immense appartement situé au beau milieu de la place Vendôme. Il ne devait pas un tel luxe à ses gains personnels, même si ceux-ci étaient loin d'être négligeables. C'était simplement une partie de l'héritage que lui avaient laissé ses parents, de riches industriels qui avaient fait fortune avec le négoce des métaux.

Il prit une gorgée de whisky avant de demander :

- Depuis combien de temps se connaissent-ils ?

- Trois semaines ou un mois, je crois. Mais il ne m'en a parlé qu'hier. Je pense qu'il voulait être sûr de lui avant de me l'annoncer.

- C'est tout à fait normal. Alexandre est un garçon très mature au niveau émotionnel et il ne peut s'engager dans une aventure amoureuse à la légère. Il ne peut pas agir comme la plupart des adolescents de son âge qui s'amourachent d'une jolie fille au premier sourire qu'elle leur adresse. Il a besoin de certitudes, aussi bien de son côté à lui que de celui de la personne qui l'intéresse. Il ne reste plus qu'à espérer que cette jeune fille soit sérieuse et se donne également à cent pour cent dans leur relation, c'est tout ce dont Alexandre a besoin.

- Je vais en avoir le cœur net bientôt car je lui ai proposé de l'inviter à la maison pour dîner le week-end prochain. J'ai hâte de faire sa connaissance. Alexandre m'a tellement parlé d'elle que je n'en peux plus d'attendre. Il a l'air tellement heureux ! Mais je te raconterai lorsque je l'aurais vue.

Effectivement, Isabelle s'était avérée une personne tout à fait charmante. Les présentations s'étaient déroulées de la façon la plus naturelle qui soit. Il faut dire que les deux tourtereaux, en arrivant avec une bonne heure d'avance sur le rendez-vous, avaient grandement facilité la tâche de Michelle. Celle-ci avait passé une journée particulièrement pénible en pensant à l'attitude qu'elle devait adopter pour recevoir son invitée. Elle était parfaitement consciente qu'il lui fallait être le plus naturel possible, mais elle n'était pas sûre de parvenir à dominer totalement l'angoisse qui l'habitait. L'apparition subite du jeune couple alors qu'elle était encore au milieu de ses fourneaux lui avait permis de simuler la panique de l'hôtesse prise au dépourvu et qui doit s'affoler pour finir au plus vite. Les deux adolescents avaient souri devant le comique de la situation avant de proposer tout naturellement leur aide, ce que se garda de refuser Michelle en leur donnant la lourde responsabilité de dresser la table. Ce partage des tâches inattendu avait immédiatement donné un ton bon enfant à la soirée.

Et, de fait, le repas se déroula dans la même ambiance sereine et décontractée. Michelle n'avait pas eu à jouer le rôle ingrat de l'adulte obligé de diriger la conversation en posant constamment des questions aux plus jeunes sur leurs aspirations ou leur but dans la vie. Ceux-ci avaient conversé sans aucune gêne apparente, abordant des sujets très diversifiés tels que l'actualité, leurs études ou les problèmes économiques que le monde connaissait. Isabelle avait montré une réelle maturité. Elle s'exprimait très librement et ses propos étaient toujours empreints d'une lucidité qui avait impressionné Michelle. C'était sans aucun doute une fille volontaire qui savait ce qu'elle voulait dans la vie. Elle avait bien sûr parlé de sa passion, ou plutôt de ses deux passions : la gymnastique et le cheval. Elle avait commencé par pratiquer la première activité, à l'âge de six ans. Elle s'était rapidement révélée très douée et avait fait partie de l'équipe de France pendant trois années. Son programme chargé ne l'avait pas empêchée d'avoir d'autres centres d'intérêt, et c'est ainsi qu'elle était entrée dans un club d'équitation, à l'âge de huit ans. Ce qui, durant les premières années, n'était qu'un loisir qui lui permettait de compenser la terrible discipline imposée par son activité principale s'était rapidement transformé en une passion. Et c'est tout naturellement qu'elle en vint à cumuler ses deux amours en commençant un sport malheureusement méconnu en France mais très développé dans les pays anglo-saxons et scandinaves : la gymnastique à cheval. C'était une discipline spectaculaire, dans laquelle les participantes doivent effectuer des figures, imposées ou libres, sur le dos de leur monture. Cela demandait un entraînement rigoureux et une complicité parfaite avec l'animal. Là encore, elle avait fait montre de qualités exceptionnelles et s'était hissée rapidement au niveau des meilleures. Elle faisait désormais partie de l'équipe de France et participait à tous les tournois internationaux. Mais cela ne l'empêchait pas de poursuivre ses études avec sérieux, et ses résultats scolaires plus que satisfaisants étaient là pour le prouver. Michelle l'écoutait avec un grand intérêt, fascinée par la simplicité et la gentillesse qu'elle dégageait. Tout en prêtant une attention soutenue au récit, elle observait néanmoins Alexandre du coin de l'œil et elle pouvait remarquer combien celui-ci semblait émerveillé par la jeune fille. Ses yeux brillaient d'admiration tandis qu'il buvait chacune de ses paroles avec délectation.

Elle n'avait aucun doute quant aux sentiments qu'il éprouvait, et elle s'en félicitait intérieurement. Il ne pouvait pas faire un meilleur choix…

* * *

- Salut Boris, à demain !
- Salut Alex !

Les deux compagnons d'études se séparèrent après s'être serré la main et Alexandre descendit quatre à quatre l'escalier qui menait jusqu'à l'entrée principale du bâtiment. Il franchit la porte d'un pas alerte et s'engagea dans l'immense cour centrale de la faculté non moins immense de Jussieu sans prêter attention aux autres étudiants en route pour leur prochain cours. Il leva la tête et sourit intérieurement à la vue du doux soleil d'avril qui brillait fièrement dans un ciel d'un bleu limpide. Le printemps semblait s'être installé pour de bon cette fois. Il retira sa veste, pourtant légère, afin d'apprécier au mieux la douceur de la température ambiante. L'arrivée des beaux jours signifiait beaucoup pour lui : la fin proche de l'année universitaire en cours, même s'il fallait passer par les examens, hélas incontournables, et surtout, la possibilité de faire de longues balades à cheval dans la nature avec Isabelle. Sans oublier l'anniversaire de leur premier baiser. Dans un peu plus d'un mois, ils pourraient fêter deux années de bonheur sans nuages. Il n'y avait pas de risque qu'il oublie la date, elle était ancrée profondément dans son esprit. Il avait même déjà prévu le cadeau et il se réjouissait à l'avance de la réaction que la jeune fille ne manquerait pas d'avoir en découvrant le magnifique collier en or qu'il comptait lui offrir. Il en avait lui-même dessiné le motif, un cheval monté par une écuyère en position acrobatique. Il n'était pas peu fier lorsqu'il avait montré son œuvre à sa mère afin de lui demander son avis. Celle-ci l'avait complimenté sans réserve, aussi bien sur son choix que sur ses talents artistiques, et il avait consulté derechef un petit orfèvre artisan du quartier à qui il avait passé commande sans plus tarder. Cela représentait un investissement considérable pour lui, mais Isabelle lui avait apporté tellement qu'elle méritait bien ça.

Parvenu enfin à la sortie principale de la rue Jussieu, il s'arrêta et fouilla dans les poches de sa veste à la recherche de sa carte de métro. Il allait reprendre sa marche en direction de la station toute proche lorsque son regard fut attiré par un individu à la silhouette familière, assis sur un banc à une trentaine de mètres de là. Il plissa les yeux pour atténuer la luminosité trop agressive du soleil et concentra son attention sur l'homme qui le fixait à son tour. Son cœur s'accéléra et un sentiment de panique l'envahit. Il n'avait plus le moindre doute à présent quant à l'identité de celui qui lui faisait face et continuait de l'observer sans retenue. “Jonathan ! Merde ! Qu'est-ce qu'il vient foutre ici ?” pensa-t-il avec angoisse. Que devait-il faire ? Il n'avait aucun moyen de l'éviter car celui-ci était installé juste devant l'entrée de la station. Il était venu ici pour le voir, cela ne faisait aucun doute. Il ne pouvait pas rester planté là indéfiniment. Il devait réagir.

Il commença à marcher d'un pas qu'il voulait assuré en direction de la silhouette qui avait subitement fait remonter à sa mémoire des souvenirs qu'il croyait avoir oubliés à jamais. Il regarda droit devant lui en marchant, bien décidé à ne pas se laisser aborder par le prostitué. Ce dernier se leva à son approche et se planta résolument devant lui. Alexandre l'ignora totalement et tenta un pas de côté pour éviter tout contact mais une main autoritaire le saisit par le bras pour empêcher sa progression.

- Alexandre, arrête, il faut que je te parle.

Ce dernier fit un moulinet violent avec son avant-bras afin de se dégager de l'emprise de son agresseur.

- Lâche-moi ! Je n'ai rien à te dire. Je ne veux pas te voir, tu n'as pas encore compris ?

- Je sais que tu ne veux pas me parler et crois-moi, si je viens te voir comme ça subitement après plus de deux ans, c'est que c'est important.

Alexandre sentit la pression se relâcher sur son poignet et il en profita pour tenter de s'esquiver mais Jonathan attrapa la veste que le garçon tenait négligemment sur son épaule et la plaça sous son aisselle.

- Vas-y, maintenant, rentre chez toi. Merci pour la veste.

- Espèce de salaud, rends-moi ça ! Alexandre avait les larmes aux yeux. Pourquoi est-ce que tu ne me laisses pas en paix ? Tu ne m'as pas assez fait de mal comme ça ? Et d'abord, comment savais-tu que j'étais ici ?

- Ce n'est pas la première fois que je viens t'attendre. Ça fait au moins une semaine que je fais le mariole pour essayer de te choper.

- Eh bien tu ferais aussi bien de repartir, car je n'ai pas l'intention de t'écouter. Alors, qui t'a dit que j'étais ici ?

- Oh, c'est pas difficile. Je suis passé chez toi.

Alexandre avait les yeux révulsés.

- Quoi ? Mais t'es complètement cinglé !

- Attends, du calme. Je ne suis pas arrivé avec mes gros sabots en claironnant : "Salut la compagnie ! Je m'appelle Jonathan, je suis l'ex de votre fils !" Je sais que tu n'as pas une très haute opinion de moi, mais quand même. Non, je me suis fait passer pour un type envoyé par la Sofrès, l'institut de sondages, sous le prétexte de faire une enquête sur la famille et la façon dont les gens occupent leur temps, et j'ai fini par savoir que tu allais à l'université.

- Et pourquoi tant d'efforts ? Tu manques de fric ? Ou peut-être que tu as encore un problème avec un client dont tu n'as pas le temps de t'occuper ?

- C'est bon, tu as fini? Écoute, Alexandre, c'est autrement plus important que ça. Regarde-moi, regarde-moi bien, parce que c'est la dernière fois que tu me vois.

Alexandre le fixa intensément et esquissa un large sourire.

- Non, c'est vrai? Alors là, vraiment, tu ne peux pas savoir ce que ça me fait. Je suis vraiment touché.

Le prostitué fit mine d'ignorer l'ironie qui perçait dans le ton de son interlocuteur.

- Non, ce n'est pas ce que je voulais dire. Je voulais dire que…

Jonathan tendit vers l'avant un visage à la pâleur cadavérique et ravagé par un amaigrissement profond.

- Regarde-moi, Alex, regarde-moi vraiment bien. Tu ne remarques rien?

- Non, pas spécialement. Tu as juste les traits un peu tirés. Ça doit être la fatigue. C'est bien ce que je dis, tu n'as pas assez de temps pour tous tes clients et tu cherches quelqu'un pour te donner un coup de main.

- Non, s'il te plaît, ne recommence pas avec ça. C'est vrai que je suis fatigué… En fait, je vais bientôt crever. Il marqua une courte pause avant de lâcher d'une voix blanche : Alexandre, j'ai le Sida.

- Et alors? Tu t'attends à ce que je chiale?

Alexandre le fixa avec un regard incrédule puis il partit d'un grand éclat de rire.

- Ah ! Ah ! Ah ! c'est trop risible!

Jonathan le saisit par les épaules et le secoua violemment.

- Mais décidément, tu ne comprends rien à rien, tête de nœud! Tu ne piges pas que si j'ai le Sida, tu as de grandes chances de l'avoir aussi!

Il relâcha sa pression et laissa ses bras retomber mollement le long de son corps. Alexandre ne riait plus. Son visage était devenu livide et ses yeux désormais sans expression semblaient fixer un point inconnu dans le lointain. Un flot de pensées affluait dans son esprit mais son cerveau était incapable de les contrôler. Le mot maudit revenait sans cesse. Il martelait son crâne avec une régularité de métronome, comme s'il cherchait un passage vers les tréfonds de sa conscience. Jonathan attendit patiemment que le choc de sa déclaration eût fait son effet puis il reprit :

- J'ai dit que tu avais des chances de l'avoir, ça veut pas dire que tu l'as forcément. Peut-être que je ne t'ai pas transmis le virus. Je tenais simplement à te prévenir afin que tu réfléchisses et que tu envisages de te faire tester. C'est plus prudent. Ce serait con que tu le passes à quelqu'un d'autre.

Le visage d'Alexandre commençait à s'animer, comme si la vie reprenait peu à peu ses droits. Il porta à nouveau son regard sur Jonathan, les lèvres tremblantes. Ses yeux mobiles étaient le reflet de la tempête violente qui avait cours sous son crâne.

- De toute façon, ce n'est pas possible, c'est trop vieux tout ça. Mais oui, c'est vrai, que je suis bête !

Il avait un regard d'illuminé, à l'image du drogué qui commence à ressentir les effets de la dose qu'il vient de prendre. Un large sourire se dessina sur ses lèvres, un sourire crispé, comme s'il ne savait pas s'il devait rire ou pleurer, être heureux ou s'effondrer en larmes. Les mots commencèrent à se précipiter hors de sa bouche, sur un rythme qui en rendait le sens incohérent.

- Bien sûr, ça fait trop longtemps ! Ah ! Ah ! Tu croyais me faire peur, hein ? C'est pour ça que t'es venu en fait. Tu t'es dit : "Je ne sais pas quoi foutre, tiens, si j'allais emmerder l'autre !" C'est raté mon vieux !

Jonathan resta imperturbable devant le flot de haine qui se déversait sur lui. Il comprenait la réaction du garçon et il attendit tranquillement que ce dernier ait épuisé sa rancœur avant de reprendre sur un ton parfaitement contrôlé :

- Alexandre, j'en suis au début du stade final de la maladie. Mais le temps d'incubation du virus peut aller jusqu'à cinq ans. Ça veut dire que j'étais déjà **séropositif** à l'époque où on s'est connus. Et je peux très bien t'avoir contaminé. Alors, maintenant, tu fais ce que tu veux. Moi, j'ai fait mon devoir.

Il regarda le garçon d'un air dépité et lui tendit sa veste. Ce dernier fixa le vêtement stupidement avant de le saisir d'un geste sans conviction. Le prostitué haussa tristement les épaules et commença à s'éloigner sans dire un mot. Avant de s'engager dans l'escalier du métro, il jeta un dernier coup d'œil en direction de son ancien compagnon qui n'avait toujours pas esquissé le moindre geste, puis il dévala les marches du plus vite qu'il pouvait et s'engouffra dans la station, indifférent aux larmes qui coulaient à présent le long de ses joues...

* * *

Michelle passa les carottes sous l'eau et les essuya consciencieusement avant de les découper en fines tranches. Elle se réjouissait à l'avance de ce repas. Elle était partie très tôt de l'hôpital pour une fois afin d'être sûre de ne pas manquer de temps. Elle voulait absolument être prête pour l'heure H. Il est vrai que l'événement était d'importance. Ce n'était pas tous les jours que la petite amie de son fils venait dîner après avoir remporté une médaille de bronze aux championnats d'Europe.

Isabelle était en effet revenue une semaine plus tôt de Suède où s'était déroulée la compétition et c'était Alexandre qui avait eu l'idée de ce repas chez sa mère pour lui permettre de fêter ensemble cette consécration.

Michelle était tout à fait heureuse de la façon dont les choses avaient évolué. Alexandre avait parfaitement retrouvé son équilibre depuis qu'il était avec Isabelle et la force des sentiments qu'ils éprouvaient l'un pour l'autre semblait inaltérable. Le garçon, après avoir obtenu son bac haut la main, s'était lancé dans les études scientifiques avec sérieux et avait effectué une première année pleine de succès qui était de bon augure pour l'avenir. Tout était pour le mieux dans le meilleur des mondes.

Leur vie ressemblait à celle de millions d'autres gens. Il n'y avait qu'une ombre au tableau : Alexandre n'avait jamais fait la moindre allusion à propos de son père. Il était arrivé à Michelle de citer son nom dans certaines occasions, mais le garçon était toujours resté sans réaction. Il semblait l'avoir totalement effacé de sa mémoire, comme s'il n'avait jamais existé. Cela pouvait la troubler parfois mais elle ne voulait pas prendre le risque de créer à nouveau un traumatisme. Ils n'en parlaient pas, voilà tout.

Elle se hissa sur la pointe des pieds pour attraper un plat en verre dans un des placards muraux et y déposa un gigot d'agneau au gabarit impressionnant après l'avoir agrémenté de quelques gousses d'ail. Elle plaça le tout dans le four et effectua les réglages nécessaires à la cuisson désirée. Elle jeta un coup d'œil à la pendule qui indiquait 18 heures. C'était parfait. Il y en avait pour une heure et demie, tout serait donc prêt pour l'arrivée des tourtereaux qui étaient attendus vers 19 heures trente.

Elle se passait les mains sous le robinet lorsqu'elle entendit la porte d'entrée s'ouvrir. “Déjà ?” pensa-t-elle tandis qu'elle s'essuyait avec un torchon. Alexandre apparut dans l'encadrure de la porte. Elle sentit tout de suite qu'il y avait quelque chose d'anormal. Ses yeux rouges et gonflés indiquaient qu'il venait de pleurer.

- Isabelle ne vient pas. Il marqua une courte pause avant de poursuivre d'une voix blanche : elle ne viendra plus jamais. Je viens de rompre avec elle.

Michelle avait pâli.

- Mais… commença-t-elle sur un ton dans lequel perçait l'incompréhension la plus totale. Pourquoi ?

- Non maman, je t'en prie, pas de questions. J'ai mes raisons et je ne veux pas en parler.

- Mais quand même, reprit-elle malgré l'apparente détermination d'Alexandre, tu ne peux pas…

- Maman, ça ne regarde que moi. Ne me demande rien, je n'en dirais pas plus.

Elle le regarda stupéfaite, sachant qu'il était inutile d'insister davantage. Il tourna les talons, prêt à partir, puis il eut l'air de se raviser et il lança en la fixant droit dans les yeux :

- Ça ne veut pas dire que je suis pédé, comme tu l'as toujours craint !

Puis il s'éloigna dans le couloir, la laissant dans le désarroi le plus total…

* * *

- Comment, tu ne passes pas en troisième année ? Ce n'est pas possible !

Michelle se laissa tomber mollement dans le divan. Elle jeta un regard désemparé sur Alexandre, assis dans le fauteuil de l'autre côté de la table de salon. Mais que vas-tu faire ?

La nouvelle qu'il venait de lui apprendre sur un ton tout à fait décontracté lui faisait l'effet d'une douche froide.

- N'en fais pas un drame, ce n'est pas si grave que ça, fit Alexandre qui ne semblait pas le moins du monde affecté par l'événement. Il acceptait son sort avec fatalité, à l'inverse de sa mère pour qui les études représentaient la panacée. Elle était consciente qu'il était plus facile d'obtenir une place enviable dans la société avec de bons diplômes et elle-même devait sa situation et sa carrière à sa réussite universitaire.

- Comment peux-tu être aussi calme et flegmatique? C'est ton futur, Alexandre, pas le mien.

- Mon futur? Il avait répliqué avec une moue désabusée. Je n'ai pas de futur.

- Qu'est-ce que tu racontes! Je t'en prie, ne te comporte pas comme tous ces idiots qui se promènent avec les cheveux dressés sur la tête et des épingles à nourrice en guise de boucles d'oreille, ou encore dans les narines. Tu vaux mieux que ça!

Elle prit une cigarette et l'alluma d'un geste nerveux. Elle inspira une longue bouffée et recracha la fumée en direction du plafond. C'était la marque chez elle d'une immense effervescence intérieure. "Alexandre ne passe pas en troisième année!" La phrase revenait sans cesse dans son esprit. Elle aurait pourtant pu s'y attendre. Alexandre n'avait plus été le même depuis qu'il s'était séparé d'Isabelle. Il était redevenu taciturne, passant à nouveau toutes ses soirées dans sa chambre. Il lui disait à peine bonjour lorsqu'il leur arrivait de se croiser le matin. Il avait bien sûr abandonné l'équitation et plus rien ne semblait compter désormais pour lui. Paul lui-même n'y comprenait plus rien. Il avait essayé d'échafauder des hypothèses cohérentes, mais aucune n'avait pu les satisfaire. Ils étaient dans le noir le plus total. Elle tira une nouvelle fois sur sa cigarette en observant attentivement Alexandre. Celui-ci fit mine de se lever mais elle l'arrêta dans son élan d'un ton autoritaire qui ne souffrait aucune objection.

- Alexandre! Tu ne crois pas qu'il est temps d'avoir une discussion sérieuse? Cela fait près de trois ans que ton père est parti et tu te comportes toujours aussi bizarrement.

"Nous n'avons jamais évoqué ce qui s'est passé depuis ce jour. Tu as eu une période difficile et je pense avoir fait montre d'une patience et d'une compréhension hors du commun. J'ai supporté ton humeur durant des mois, et crois-moi, cela n'a pas toujours été facile. Je t'ai soutenu au maximum et j'ai été la première à me réjouir de ta relation avec Isabelle. Je ne t'ai pas harcelé de questions au sujet de ta séparation subite et j'ai de nouveau dû supporter tes états d'âme en silence.

"Mais maintenant, j'estime que c'est assez et que j'ai droit à une explication. Que se passe-t-il, Alexandre? Pourquoi ce comportement soudain? Ça ne peut pas être uniquement à cause de ta séparation avec Isabelle. Je lui ai parlé après que tu l'as laissée tomber, "comme une vieille chaussette!" selon sa propre expression.

"La pauvre fille était dans tous ses états. Elle n'a rien compris du tout. Je lui ai demandé si vous vous étiez disputés, mais elle m'a dit que non, pas une seule fois. Tu lui as simplement dit que c'était fini, comme ça, sans lui fournir la moindre explication. Drôle de façon de traiter les gens. Alors, je te pose la question à nouveau : que se passe-t-il?"

Alexandre fixait le sol, sans réagir. Il avait joint ses mains devant lui et les mouvements de ses doigts qui se croisaient et se décroisaient sans cesse étaient le seul signe de vie perceptible.

- Regarde-moi, Alexandre! Je suis ta mère, pas un meuble!

Elle avait presque hurlé. Il releva la tête et elle put voir que ses yeux s'étaient embués de larmes.

- Maman, tu sais que je t'aime. Je suis parfaitement conscient de tout ce que tu as fait pour moi, rassure-toi. Il n'y a rien à expliquer, voilà tout. Je suis dans une mauvaise passe, et je n'ai pas grand moral, mais ça va s'arranger. Laisse-moi juste un peu de temps.

Il s'était exprimé avec une simplicité désarmante qui fit instantanément regretter à Michelle la violence des propos qu'elle venait de tenir. Elle demanda sur un ton complètement radouci :

- Mais pourquoi as-tu arrêté avec Isabelle ? Tu ne veux toujours pas en parler ? Une mère sert aussi à ça.

Il haussa les épaules avec un air défaitiste.

- J'ai simplement réalisé que ce n'était pas une fille pour moi.

- Comme ça, subitement, après deux ans ?

- Tu sais, j'ai vieilli pendant cette période et je me suis rendu compte que ce n'était pas ce que je recherchais.

Michelle l'observa un instant sans rien dire, l'air pensif. Elle écrasa sa cigarette avec application, comme si elle cherchait à gagner du temps. Elle savait qu'elle allait aborder un sujet particulièrement délicat et qu'elle devait choisir ses mots avec attention. Elle prit une profonde inspiration et se décida.

- Nous n'avons jamais parlé de ta sexualité depuis… cette histoire, mais tu m'as dit lorsque tu as rompu avec Isabelle que tu n'étais pas homo comme je l'avais toujours craint. Sache que je ne me suis jamais inquiétée de savoir si tu étais homosexuel ou pas. Tes goûts ne regardent que toi. Je veux simplement que tu sois heureux. La seule chose dont j'ai toujours eu peur est que les circonstances dramatiques que nous avons connues aient une incidence néfaste sur ton psychisme. Aussi, je te pose la question aujourd'hui et je te demande une réponse honnête : est-ce que ta sexualité a quelque chose à voir avec ton comportement, ou, plus crûment, es-tu un homo qui refuse son homosexualité ?

Elle se sentait soulagée. Elle avait enfin réussi à poser la question qui l'avait tant angoissée durant ces derniers mois. Alexandre n'avait pas bronché. Il se cala un peu plus contre le dossier du fauteuil.

- Non, maman. Il s'était exprimé sur un ton tout à fait serein. Ma sexualité est tout ce qu'il y a de plus normal, tout dépend bien sûr de ce qu'on appelle normal. Disons que je ne suis pas du tout attiré par les mecs. Vraiment, il n'y a pas lieu de t'inquiéter. Mon "psychisme" comme tu dis, se porte bien. Je dois simplement me prendre par la main et me secouer un peu. Tu as raison de m'engueuler. C'est peut-être ce qu'il me faudrait un peu plus souvent. Il sourit furtivement avant de reprendre d'un air plus grave. Je suis désolé du mal que j'ai pu te causer. En fait, je crois que mon gros problème est que je suis l'être le plus égoïste de la terre. Tu as toujours fait tout ce que tu pouvais pour moi et je n'ai pas su te le rendre. Je te promets de faire un effort. Tiens, on pourrait commencer dès maintenant, en allant au cinéma par exemple. Qu'en penses-tu ? Après tout, ça fait longtemps qu'on n'est pas sortis comme ça, en amoureux. On pourrait même commencer par aller manger au resto.

Il se leva brusquement du fauteuil et claqua ses mains avec un air enthousiaste.

- Allez, prépare-toi ! Mets ta plus belle robe, ajuste ton maquillage, ce soir, tu es mon invitée !

- Avec mes sous, c'est facile ! plaisanta Michelle en se levant à son tour.

* * *

Michelle avait passé une soirée merveilleuse, bien qu'elle n'ait pu empêcher des pensées contradictoires venir troubler son esprit de temps à autre. Elle avait essayé de les chasser à chaque fois mais elles étaient toujours revenues au galop. Elle n'avait pas réussi à se laisser prendre par l'allant soudain d'Alexandre. La métamorphose lui avait paru trop brutale et elle était restée persuadée que ce n'était là qu'une façade qui finirait par se désagréger. Néanmoins, elle n'avait pas voulu briser cet essai dans l'œuf et elle avait agi comme si de rien n'était.

Mais les jours étaient passés, puis les semaines, sans qu'elle ait pu noter le moindre signe de rechute chez

Alexandre. Ce dernier avait recommencé à s'intéresser au monde qui l'entourait. Il avait repris les cours à l'université, alors qu'au début il n'en était pas question. Il avait même pris une part active à la vie collective de la fac en organisant des réunions estudiantines et en prenant la responsabilité du club interne de vidéo. Il s'était fait de nombreux amis avec lesquels il sortait souvent. Il s'était également découvert un nouveau hobby, la peinture, et sa chambre s'était peu à peu métamorphosée en un véritable atelier. Et lorsque ses nombreuses activités lui laissaient un peu de temps, ce qui était rare, il le passait à écrire des poèmes.

Michelle ne pouvait s'empêcher de rester perplexe devant un tel changement. Comment expliquer cet engouement soudain, cette soif de vie ? Elle se demandait où il allait chercher l'énergie nécessaire à la pratique de tant d'activités différentes. Mais elle ne pouvait que l'en féliciter. Il n'y avait qu'une ombre au tableau : elle ne l'avait jamais entendu parler de petite amie. Elle se gardait bien cependant d'aborder le sujet. Elle ne voulait surtout pas risquer de tout gâcher. Elle en avait pourtant eu l'occasion un jour où il lui avait demandé pourquoi elle ne se remariait pas. “Une belle femme comme toi, tu pourrais trouver qui tu veux. Tout homme tombe pour tes beaux yeux.” Mais elle n'avait pas osé lui retourner la question. Elle avait juste esquivé d'un : “Qui voudrait d'une vieille carne comme moi ?” en levant les yeux au ciel.

* * *

- Allô ?
- Madame Michelle Darnot ?

Michelle eut un sursaut et la main avec lequel elle tenait le combiné se mit à trembler. Il dut s'écouler un temps indéfini sans qu'elle réagisse car la voix reprit à l'autre bout de la ligne :

- Allô ? Allô ? Madame Darnot ?

Elle parvint enfin à retrouver ses esprits et répondit sur un ton agacé :

- Je suis désolée, mais ce nom est celui que je portais lorsque j'étais mariée... il y a plus de cinq ans !

- Excusez-moi, reprit la voix qui exprimait un désolement sincère, mais je ne connais pas votre nom de jeune fille. Je sais, cela peut vous sembler bizarre, mais laissez-moi vous expliquer, vous allez comprendre... Je suis un ami de votre mari, ou plutôt, de votre ex-mari. À vrai dire, je téléphone pour vous entretenir de quelque chose à son sujet.

- Écoutez, monsieur...

- Charrier, Gérard Charrier.

- Monsieur Charrier, comme je vous l'ai déjà dit, nous avons divorcé voici cinq ans et, hormis la pension alimentaire qu'il a versée pour notre fils jusqu'à ses dix-huit ans, nous n'avons pas eu le moindre contact avec lui, parce que mon fils et moi-même l'avons désiré ainsi. Et aujourd'hui encore, nous n'avons absolument aucune envie d'entendre parler de lui.

Elle s'était exprimée d'une manière sèche et glaciale, en insistant sur chaque syllabe afin d'accentuer sa détermination.

- Je vous comprends, madame... L'homme réalisa à temps qu'il allait commettre une maladresse en citant une fois de plus le nom indésirable. Il continua d'une voix douce qui semblait vouloir apaiser la tension que son appel provoquait. Je connais votre histoire. En fait, je suis plus qu'un ami de Bertrand, je suis son... compagnon dans la vie. Il lui est arrivé quelque chose de terrible, c'est pourquoi je me permets cette démarche, très difficile pour moi également, je vous l'assure. Je vous en prie, j'aimerais vraiment pouvoir m'entretenir avec vous, mais pas comme cela, au téléphone.

Le cœur de Michelle s'était mis à battre plus fort dans sa poitrine. Les propos de l'inconnu avaient éveillé bien malgré elle des émotions qu'elle croyait avoir bannies à jamais. Nul ne pouvait rester indifférent au sort de quelqu'un qu'il avait aimé. Elle demanda d'une voix blanche :

- Comment cela, quelque chose de terrible ? A-t-il eu un accident ?

- Non, pas exactement... mais, comme je vous l'ai déjà dit, je préférerais vous expliquer de vive voix. Est-ce qu'il serait possible de se rencontrer ?

- Oui, bien sûr. Toute trace d'animosité avait complètement disparu dans sa voix pour faire place à la douleur et l'inquiétude. Quand cela vous arrange-t-il ?

- Je suis à Nice actuellement. Je peux prendre l'avion demain en début d'après-midi, ce qui me ferait arriver à Paris vers seize heures. Ça vous convient ?

- Tout à fait. Je viendrai vous chercher à l'aéroport. J'aimerais autant que notre conservation se passe ailleurs que chez moi, si vous n'y voyez pas d'inconvénient. Comment pourrais-je vous reconnaître ?

- C'est moi qui vous reconnaîtrai. J'ai vu des photos de vous.

Michelle était bouleversée en reposant le combiné sur son support. Elle chercha désespérément une cigarette dans les poches de son gilet et se rappela soudain qu'elle les avait laissées sur la table du salon. Elle éprouvait de la difficulté à contrôler ses gestes tant ses mains tremblaient et elle mit un temps fou avant de parvenir à sortir une des Camel du paquet presque plein. Elle s'assit dans un des fauteuils de la pièce en tirant nerveusement sur sa cigarette puis elle se releva aussitôt et se dirigea vers la fenêtre. Une nuée de sentiments confus qu'elle ne parvenait pas à maîtriser avait envahi son esprit. Pourquoi une telle réaction après tant de temps ? Cela faisait cinq ans maintenant, cinq longues années, qu'elle vivait seule avec son fils. Elle n'avait pas cherché à savoir ce que Bertrand était devenu durant cette période. À vrai dire, elle s'en était totalement désintéressée, et le fait d'apprendre subitement qu'il vivait avec un homme l'avait, non pas choquée, mais surprise. Elle n'y avait jamais pensé, tout simplement. Elle s'était tellement conditionnée qu'elle avait presque fini par se persuader qu'elle n'avait jamais été mariée et qu'Alexandre n'avait pas de père. Et tout d'un coup, tout remontait à la surface. Et elle ne pouvait pas s'empêcher de ressentir une émotion indescriptible.

Qu'arrivait-il maintenant ?

Elle eut beaucoup de mal à dormir cette nuit-là, et c'est avec une certaine appréhension qu'elle alla chercher l'homme avec qui elle s'était entretenue la veille à l'aéroport.

Celui-ci l'avait effectivement reconnue sans difficulté et il s'était dirigé droit sur elle sans la moindre hésitation. Michelle avait été surprise par son aspect plutôt inattendu. Il était petit de taille et avait un crâne complètement dégarni, ce qui pouvait encore s'expliquer facilement pour un homme dans la cinquantaine. Son large nez crochu était surmonté de petites lunettes rondes en écaille qui avaient du mal à couvrir ses immenses yeux globuleux. Une moustache épaisse et noire aux extrémités taillées en forme de guidon de vélo donnait la touche comique finale à l'ensemble. Décidément, Michelle avait beaucoup de mal à découvrir le moindre charme chez cet homme-là. Ce n'était assurément pas son type. Elle ne comprenait pas ce que Bertrand avait pu lui trouver. Elle se sentit honteuse d'éprouver de telles pensées en un moment pareil et elle les chassa au plus vite.

Ils allèrent s'asseoir à une table du café le plus proche après avoir procédé aux présentations d'usage et il attendit que le serveur eût fini de leur servir leurs boissons avant de commencer :

- Tout d'abord, je voudrais que vous sachiez que je suis le seul responsable de ma démarche. Bertrand ne sait absolument rien de notre rencontre. J'ai eu connaissance de votre numéro de téléphone en fouillant dans ses papiers personnels, c'est pourquoi j'ignorais tout de votre nom de jeune fille.

Michelle acquiesça d'un signe de tête pour montrer son assentiment mais elle le laissa continuer sans chercher à l'interrompre.

- Comme je vous l'ai déjà dit au téléphone, je suis le compagnon de Bertrand. Nous avons vécu ensemble pendant plus de trois ans. Je vous épargne les détails de notre rencontre, je ne pense pas que cela vous intéresse particulièrement.

Il s'arrêta un instant pour boire une gorgée de café. "Bertrand a toujours été très discret sur son passé, et ce n'est qu'après m'avoir accordé toute sa confiance qu'il m'en a parlé, sans que je lui pose la moindre question à ce sujet. Il m'a tout raconté un jour où il était particulièrement dépressif. Il avait probablement besoin de se confier à quelqu'un. Il m'a expliqué combien il souffrait que vous et votre fils refusiez de le voir. C'est une situation intolérable pour lui, et même s'il a toujours compris parfaitement votre attitude, il n'a jamais vraiment accepté d'être considéré comme un criminel. Je lui ai suggéré plusieurs fois de vous appeler, sans succès. Il refusait catégoriquement. Il en devenait même violent. À ma dernière tentative, il s'est mis dans une telle colère que j'ai décidé de ne plus jamais en reparler. Vous voulez une cigarette ?"

Il tendait à Michelle un paquet de Gauloises qu'elle refusa poliment d'un geste de la main.

- Non merci, je préfère les miennes. Elles sont plus légères, donc moins nocives. Je reste médecin, malgré tout.

Tous deux appréciaient cette pause dans le récit. Ils savaient qu'ils n'avaient fait que passer les préliminaires et que le plus dur restait à venir. Il recracha la fumée de sa cigarette et reprit :

- Un jour, il a commencé à se plaindre de problèmes de santé, ou plutôt, je me suis aperçu qu'il avait des problèmes de santé, car là encore, il est resté très discret. Il se sentait constamment fatigué, il était victime de vertiges, il perdait du poids. Je l'ai poussé à aller voir un médecin qui lui a fait passer des examens…

Michelle avait pâli et son interlocuteur n'avait pas manqué de voir le changement soudain qui s'était opéré en elle.

- Je vois que vous comprenez.

Elle inclina la tête doucement.

- Le Sida. Mon Dieu ! À quel stade de la maladie en est-il ?

Il prit une longue gorgée de café et Michelle remarqua un léger tremblement de la main qui tenait la tasse.

- C'est la fin, lâcha-t-il finalement. Il n'en a plus que pour quelques jours, peut-être quelques heures, tout dépend quand le cœur va lâcher. C'est pour cela que je voulais vous voir. Cela fait près d'un an et demi que les symptômes de la maladie sont apparus et ça fait dix mois que nous savons ce qu'il en est avec certitude. Durant tout ce temps, il a souffert en silence. Il ne m'a jamais dit qu'il voulait vous revoir, vous et votre fils, mais je l'ai surpris plusieurs fois en train de contempler des photos de vous. J'ai à nouveau essayé de lui dire de vous contacter, sans plus de résultat. Malgré son état d'épuisement général, il arrivait encore à trouver la force de s'énerver. J'ai fait une dernière tentative il y a un mois, lorsqu'il est entré à l'hôpital, en vain. Alors j'ai décidé d'agir contre sa volonté et de vous contacter. Je sais que rien ne pourrait lui faire plus plaisir que de vous voir avant de mourir. Je pense qu'il mérite bien ça. Vous savez, c'est horrible pour lui. Il souffre le martyre et il a toute sa conscience. C'est une maladie terrible, mais je ne vous apprends rien.

Michelle ne répondit pas. Elle tourna la tête vers la fenêtre et regarda la pluie fine qui tombait derrière la vitre.

L'homme respecta ses larmes en observant le silence, puis il fouilla dans sa poche et en sortit une feuille de papier. Il la déposa sur la table d'un geste lent.

- J'ai noté le nom de l'hôpital et les coordonnées de la chambre dans laquelle il se trouve ainsi que mon numéro de téléphone personnel. Maintenant, je vous laisse décider en votre âme et conscience. Mais rappelez-vous que rien ne peut lui faire plus plaisir.

Il se leva afin de prendre congé. Michelle prit le morceau de papier et le fit tourner délicatement entre ses doigts puis elle jeta un regard encore humide sur l'homme

- Comme vous devez l'aimer ! lâcha-t-elle enfin.

- Oui, je l'aime. De toute la force de mon être. C'est un homme fantastique qui ne méritait pas un tel sort. Son seul crime est d'avoir combattu une sexualité contre laquelle il ne pouvait rien. Il ne méritait pas ça, pas plus qu'il ne mérite une fin aussi atroce…

* * *

Lorsqu'elle ouvrit la porte de l'appartement, en revenant de son rendez-vous avec Gérard Charrier, elle fut surprise par des effluves en provenance de la cuisine. Elle accrocha son manteau à une des patères de l'entrée et s'avança à pas lents en direction de la source des odeurs culinaires. Elle n'avait pas pensé un instant qu'Alexandre puisse être déjà à la maison. En d'autres circonstances, elle aurait été ravie de sa présence, mais aujourd'hui, elle avait besoin d'un peu de recul afin de se remettre de l'émotion causée par les révélations de Gérard. Elle ne se sentait pas du tout prête à aborder un tel sujet avec lui maintenant.

Elle prit une profonde inspiration avant d'entrer dans la pièce où Alexandre était occupé à laver des ustensiles de cuisine. Un livre de recettes était ouvert sur la table. Le garçon leva les yeux sur elle à son entrée et un large sourire illumina son visage.

- Salut m'man !

- Salut ! fit-elle à son tour en se forçant à prendre le même ton enjoué. Mmmh... Ça sent bon. Qu'est-ce que tu nous prépares de beau ? Elle se pencha sur le bouquin : lasagnes ! Je ne te connaissais pas de talents culinaires.

- Attends d'avoir goûté avant de parler de mes talents. lança-t-il en plaisantant. C'est peut-être les pires lasagnes que tu n'as jamais mangées.

- Je ne crois pas. Avec une odeur pareille, elles ne peuvent être que délicieuses.

L'enthousiasme d'Alexandre faisait plaisir à voir, mais il rendait la situation encore plus pénible pour Michelle.

- Je vais mettre la table, proposa-t-elle tandis qu'il finissait d'essuyer les derniers couteaux.

- C'est pas la peine, je l'ai déjà fait, annonça-t-il avec un large sourire.

- Ah bon ? Elle n'avait pas besoin de simuler l'étonnement. Mais qu'y a-t-il à fêter ? Ce n'est pas mon anniversaire !

- Non, je sais bien. C'est juste parce que j'ai envie. Ça me fait plaisir de te faire plaisir. On passe à table dans cinq minutes. Ah, ce que tu peux faire, c'est préparer deux apéritifs. Je boirais bien un petit porto.

Michelle réfléchissait en servant les boissons demandées dans le salon où Alexandre avait dressé une table digne des plus grands restaurants. Pas un détail ne manquait : les couverts en argent étaient élégamment disposés de chaque côté des assiettes en porcelaine qu'elle considérait comme les plus belles de sa collection, les serviettes pliées en accordéon reposaient avec goût dans des verres en cristal, tandis que deux chandeliers servaient de support à des bougies torsadées de couleur qui baignaient la pièce d'une luminosité douce et romantique. Et au milieu de ce tableau parfait trônait un magnifique bouquet composé de fleurs aux couleurs vives et chatoyantes.

Une boule d'angoisse lui étreignit la gorge tandis qu'elle contemplait l'ensemble. Comment pouvait-elle annoncer l'horrible nouvelle à Alexandre lorsque celui-ci avait déployé tant d'énergie pour donner à cette soirée ce caractère inhabituel ? Pourquoi fallait-il que cela arrive maintenant ? N'était-ce pas là la marque d'un destin cruel qui semblait vouloir s'acharner sur leur bonheur ?

Elle pouvait bien sûr cacher la vérité et aller voir Bertrand en trouvant un prétexte quelconque pour expliquer son départ subit, mais n'y avait-il pas un danger qu'Alexandre lui reproche un jour de lui avoir tu les circonstances de la mort de son père ? Elle ne se sentait pas le droit de prendre une telle décision toute seule. Elle devait le mettre au courant afin de lui laisser le choix d'agir, en son âme et conscience. Elle devait également penser à Bertrand. Comment pouvait-elle lui enlever toute chance de revoir son fils une dernière fois avant sa fin ultime ? Gérard avait raison : il ne méritait pas de mourir ainsi sans un dernier adieu. Peut-être était-ce là l'occasion de lui pardonner. Tout être humain normalement constitué avait en lui cette faculté de tout absoudre devant la mort et Alexandre ne pouvait pas faire exception à la règle.

L'arrivée de ce dernier avec un plateau de toasts colorés mit heureusement un terme au cours de ses réflexions angoissées.

- Regarde ce que je t'ai préparé ! fit-il en posant les amuse-gueules sur la table de salon. Alors, il y a du saumon fumé avec du caviar, de la terrine de lapin aux champignons, de la mousse de foie de canard et… un dernier truc dont je ne me rappelle plus le nom.

- Cela voudrait-il dire que ce n'est pas du fait maison? demanda-t-elle ironiquement.

- Si si, bien sûr, enfin… c'est moi qui ai beurré les toasts, répondit-il en souriant. Mes talents culinaires s'arrêtent là, malheureusement. Je ne suis pas encore un grand chef, mais ça viendra.

La soirée fut des plus agréables, et même si les lasagnes n'étaient effectivement pas les meilleures que Michelle ait eu l'occasion de déguster, elle se garda bien de porter la moindre remarque désobligeante. Elle apprécia avant tout la bonne humeur et la joie de vivre dont faisait preuve Alexandre. Celui-ci monopolisa la parole la plupart du temps, exposant avec enthousiasme le projet de voyage qu'il comptait effectuer au cours de l'été avec un de ses camarades et qui devait les conduire en Inde et au Népal.

Après avoir débarrassé la table, ils revinrent dans le salon pour prendre le café. Le silence s'était installé tandis que chacun était occupé à tourner sa cuillère dans sa tasse. Michelle but une gorgée du nectar avec des gestes lents puis elle alluma une cigarette et fixa Alexandre avec un air grave.

- Alexandre, commença-t-elle sur un ton hésitant, j'ai quelque chose d'assez… particulier à t'annoncer.

Ce dernier la regarda sans rien dire, mais un raidissement imperceptible de ses muscles trahit sa soudaine inquiétude. Michelle nota le changement qui s'était opéré en lui et elle reprit avec une extrême douceur :

- C'est au sujet de ton père…

Elle marqua une nouvelle pause, guettant la moindre réaction chez le garçon.

- Eh bien, continue, fit celui-ci en prenant sa tasse d'une main peu assurée qui dénonçait le combat émotionnel intense dont il était victime.

- J'ai parlé avec un homme cet après-midi, un homme qui connaît très bien ton père.

- Son amant, tu veux dire ?

Elle fut surprise par la violence de l'attaque. Il s'était exprimé sur un ton froid et cynique qui lui donna la chair de poule. Elle décida de faire comme si de rien n'était et reprit sur le même ton calme :

- Effectivement, tu peux l'appeler comme ça. Je dirais plutôt que c'est l'homme avec qui il partage sa vie. Ils ont vécu ensemble pendant presque trois ans. C'est quelqu'un de très gentil. Il m'a appelé hier de Nice où il habite avec ton père pour me demander s'il pouvait venir me voir... Il avait une nouvelle terrible à m'annoncer. Ton père a le Sida. Il est en train de mourir...

Alexandre continua de la regarder sans réaction. Puis il se versa une nouvelle tasse de café et, après y avoir mis deux morceaux de sucre avec le même calme apparent, il commença à décrire des cercles dans le liquide brunâtre avec sa cuillère.

Michelle l'observa un instant en silence avant de reprendre :

- Il en est au stade ultime de la maladie. Il a été malade pendant longtemps. Son... compagnon dit qu'il n'a pas cessé de penser à nous durant toutes ces années, mais il n'a jamais osé nous appeler. Et il a pris lui-même l'initiative de venir m'en parler. Ton père n'est absolument pas au courant de sa démarche. Il sait que rien ne pourrait lui faire plus plaisir que de nous voir une dernière fois avant sa mort. Et je sais qu'il a raison. Je suis souvent allée au chevet de patients qui se trouvaient à l'antichambre de la mort, afin de les soutenir dans leurs derniers instants, et je ne me suis jamais demandée si ces gens avaient fait du bien ou du mal dans leur vie. Pour moi, c'était égal. Je n'ai vu que des êtres malheureux, avec dans les yeux la même expression angoissée, les mêmes questions implorantes. Ton père n'est pas un monstre, il ne s'est jamais comporté comme tel avec nous et...

- Non ! Alexandre l'avait coupé d'un ton sec et tranchant. Il est hors de question que j'aille le voir !

Michelle fut une nouvelle fois choquée par la soudaineté et la détermination de la réaction du garçon.

- Je comprends ce que tu ressens, Alexandre. Mais pense à la situation... C'est la dernière fois que tu peux le voir. Peut-être qu'un jour, dans dix ans ou vingt ans, sinon plus, tu changeras d'opinion à son sujet, mais il sera trop tard et tu regretteras toute ta vie de n'avoir pas fait ce geste. Ne peux-tu pas lui pardonner après tout ce temps ?

- Non maman. Je regrette, mais je ne veux pas y aller.

Elle s'emporta subitement :

- Mais il va mourir, Alexandre ! Et dans des conditions horribles ! Il a le Sida, tu sais ce que c'est, le Sida ? Sais-tu comment ceux qui en sont atteints finissent ? C'est affreux. Ils se désagrègent petit à petit avant de terminer leurs jours dans des souffrances atroces. Et ils ont le temps de voir leur déchéance inéluctable car ils gardent leur pleine conscience jusqu'au bout.

- Je suis parfaitement au courant de tout ce qui a trait à cette maladie et j'ai de bonnes raisons pour ça : je suis séropositif.

Michelle ouvrit la bouche, comme si elle s'apprêtait à répliquer, mais aucun son n'en sortit. Elle fixait Alexandre avec des yeux hagards, tandis que son cerveau essayait vainement d'enregistrer les paroles de ce dernier. Elle parvint enfin à reprendre possession de ses esprits et finit par balbutier :

- Qu'est-ce que tu as dit ?

Alexandre avait baissé la tête et semblait plongé dans la contemplation de la tasse de café qu'il faisait tourner doucement entre ses doigts. Michelle l'observa un instant avec des yeux effarés dans lesquels se lisait l'incompréhension la plus totale puis elle se leva brusquement et se jeta sur lui. Elle le saisit par les épaules et le secoua violemment, indifférente à la tasse qu'il avait lâchée sous l'effet de la surprise et qui avait été s'écraser sur le sol avec un bruit mat.

- Qu'est-ce que tu as dit? répète-moi ça!

Il avait baissé la tête un peu plus devant la violence de l'assaut. Michelle avait l'air d'une furie en proie à une crise d'hystérie soudaine.

- Regarde-moi! cria-t-elle en le saisissant par le menton pour le forcer à tourner son visage vers elle. Regarde-moi!

Il s'inclina sous la pression des doigts qui lui enserraient les mâchoires sans ménagement.

- Dis-moi que ce n'est pas vrai! Dis-le-moi!

Des larmes commençaient à couler le long des joues du garçon qui finit par lâcher avec des sanglots dans la voix :

- C'est vrai, maman. J'ai subi un test il y a près de trois ans… Je suis positif.

Michelle sentit ses jambes se dérober sous elle et elle s'agenouilla devant Alexandre sans se soucier des débris de la tasse qui jonchaient le sol à cet endroit. Elle entoura son visage maladroitement de ses mains tremblantes tandis que ses yeux s'étaient à leur tour emplis de larmes.

- Ce n'est pas possible, fit-elle d'une voix brisée par l'émotion. Pas toi mon chéri! Ce serait trop horrible! Elle pleura un instant en silence avant de reprendre : “Mais pourquoi as-tu subi un test? Avais-tu des doutes? As-tu ressenti des symptômes?”

- Non, pas du tout. C'est Jonathan, mon… enfin, tu sais bien, le prostitué avec qui j'étais à l'époque…

Elle ouvrit de grands yeux marqués par l'étonnement. Elle commençait de comprendre.

- La petite ordure… lâcha-t-elle entre ses dents.

- Il est venu me voir à la sortie de la fac un après-midi, reprit Alexandre en essayant de refouler ses sanglots. Il m'a dit qu'il avait le Sida et que je devais me faire tester par mesure de précaution. Au début, j'ai agi comme un lâche. Je me refusais à y croire et j'essayais de chasser cette pensée de mon esprit. Je me disais que ce n'était pas possible, pas moi. Mais chaque fois je revoyais le visage amaigri de Jonathan et je repensais à ses paroles : "Je te dis ça pour que tu n'ailles pas contaminer quelqu'un d'autre."

"Je ne pouvais plus regarder Isabelle en face et chaque fois qu'elle voulait faire l'amour, je trouvais un prétexte pour m'esquiver. Finalement, je me suis décidé à passer le test. Ça a été horrible.

"Quand enfin j'ai eu le résultat, je ne voulais pas y croire. Je ne suis pas allé en cours ce jour-là, j'ai marché comme un somnambule dans les rues. Mon cerveau était vide. Je n'avais que cette pensée en tête : "Je vais mourir." Je n'arrivais même pas à penser à Isabelle. Il n'y avait que moi, ma petite personne qui comptait. Je suis quand même allé la voir le soir et je lui ai dit que c'était fini, sans lui donner d'explication. J'étais trop lâche pour lui avouer la vérité..."

Michelle lui avait tenu les mains durant tout le récit sans prononcer un mot, ravalant de temps à autre les larmes qui coulaient silencieusement le long de ses joues.

- Mon pauvre chéri... fit-elle enfin en lui caressant la joue avec tendresse, comme tu as dû souffrir... Et moi qui ne me suis doutée de rien. Comment ai-je pu être aussi aveugle ? Mais pourquoi ne m'as-tu rien dit ?

- J'ai pensé souvent à te le dire, mais je n'ai jamais trouvé le courage nécessaire. Et puis, de toute façon, tu n'aurais rien pu faire.

- Mais tu n'aurais pas été seul à porter ce fardeau... Quand je pense aux reproches que je t'ai faits après ta rupture avec Isabelle, la façon avec laquelle je t'ai traité... Comment ai-je pu faire preuve d'autant de stupidité ?

- Comment voulais-tu deviner, maman ?

Il lui passa la main tendrement dans les cheveux, imprégnant son geste de tout l'amour qu'il avait en lui. "Tu n'as rien à te reprocher, mais maintenant, tu comprends que je ne tienne pas spécialement à aller le voir à l'hôpital."

Elle ne put qu'acquiescer silencieusement de la tête tandis que son corps était secoué de tremblements convulsifs...

* * *

La serrure de la valise émit un claquement sec en se fermant. C'était un bruit tout à fait normal de la part d'une telle serrure, mais pour Michelle, il prenait une consonance toute particulière. Ses doigts s'attardèrent quelques instants sur le morceau de métal doré tandis qu'elle laissait libre cours au flot de ses pensées. Ce n'était pas un voyage ordinaire qu'elle allait effectuer. Ce claquement caractéristique évoquait d'habitude quelque chose de bon, de positif : vacances, contrées lointaines, changement d'air et d'habitudes... Mais cette fois-ci, c'était tout à fait l'opposé. Elle allait vers le sombre et le tragique, le néant et la mort...

Elle comprenait parfaitement le refus d'Alexandre de venir avec elle et elle se demandait maintenant pourquoi elle-même faisait ce déplacement. Elle ne pouvait s'empêcher de penser qu'en voyant Bertrand sur son lit de mort, elle verrait également l'image de son fils. Un frisson glacé lui parcourut le bas du dos. Elle releva la tête et regarda l'image piteuse que lui renvoyait le miroir de la garde-robe qui lui faisait face. Elle donnait l'impression d'avoir vieilli de dix ans avec ses yeux rougis et gonflés par les larmes et le manque de sommeil. Elle n'avait pratiquement pas dormi les deux nuits précédentes. Son esprit torturé par les révélations d'Alexandre et son départ ne lui avaient laissé aucun repos et elle avait passé ses heures nocturnes à se tourner et se retourner dans son lit. Elle jeta un coup d'œil au réveil de la table de nuit : dix heures. Elle devait être à l'aéroport dans moins d'une heure, il lui fallait partir. Alexandre était déjà à la fac et elle en fut soulagée car, ainsi, elle n'avait pas à lui dire au revoir. Celui-ci n'y tenait vraisemblablement pas non plus d'ailleurs. Elle ne l'avait pas du tout vu de la soirée la veille et il était deux heures du matin lorsqu'elle l'avait finalement entendu rentrer se coucher. Elle savait pertinemment qu'il avait agi de la sorte afin d'éviter son contact.

Elle poussa un soupir de lassitude en prenant sa valise à la main. Elle fut surprise par la légèreté du bagage. Il est vrai que, hormis quelques vêtements de rechange et son nécessaire de toilette, elle n'emportait pas grand-chose. Elle jeta un rapide coup d'œil circulaire afin de vérifier qu'elle n'avait rien oublié et quitta la pièce d'un pas décidé.

En sortant de l'immeuble, elle se dirigea sans plus attendre vers la tête de station la plus proche et s'engouffra dans le premier des taxis en attente de clients à ce moment-là. Elle ne prêta guère attention à la beauté architecturale si caractéristique des immeubles parisiens qui défilaient sous ses yeux et qui donnaient à la ville ce charme indéfinissable tant apprécié par les touristes du monde entier. Son esprit était ailleurs, et l'angoisse de ce qui l'attendait augmentait un peu plus à chaque tour de roue que le véhicule effectuait…

Gérard Charrier l'attendait à l'aéroport de Nice comme convenu. La joie que lui procurait la venue de Michelle pouvait se lire sur son visage malgré la gravité douloureuse des circonstances. Il fit montre de galanterie en prenant derechef la valise de son invitée avant de la conduire jusqu'à sa voiture. Il lui avait réservé une chambre dans un petit hôtel du vieux Nice dont les propriétaires étaient de ses amis. Ce n'était pas un endroit luxueux, loin s'en faut, mais la gentillesse et l'attention bienveillante du couple sexagénaire qui le dirigeait valaient tous les trésors du monde. Il lui avait bien proposé de l'héberger durant son court séjour, mais elle avait poliment décliné l'offre, ne se sentant pas capable de résider dans les lieux où Bertrand avait passé les dernières années de sa vie. Gérard avait fort bien compris et il n'avait pas insisté davantage.

Tandis qu'ils roulaient en direction de l'hôtel, il lui expliqua que l'état de Bertrand avait encore empiré durant les dernières heures et que la fin était imminente. En fait, les médecins eux-mêmes étaient surpris de sa résistance. Il semblait essayer de lutter désespérément, comme s'il attendait quelque chose. Pourtant, Gérard n'avait pas fait la moindre allusion concernant la venue de Michelle. Il n'avait pas voulu prendre le risque qu'il meure sans avoir eu le temps de réaliser son vœu le plus cher.

Arrivé devant la porte du vieil établissement, si typique avec ses volets de bois aux couleurs vives, qui allait recevoir Michelle, Gérard proposa à sa visiteuse de l'attendre afin de l'emmener se restaurer avant de se rendre à l'hôpital. Celle-ci déclina habilement l'invitation en prétextant qu'elle avait mangé dans l'avion. En fait, elle n'avait rien touché du plateau qui lui avait été présenté. Elle se sentait incapable d'avaler quoi que ce soit. Tout ce dont elle avait besoin était de se retrouver seule afin de se préparer au choc de la rencontre.

Il ne lui fallut que quelques minutes pour vider sa valise et disposer le peu de vêtements qu'elle contenait sur les étagères de l'armoire ancienne qui ornait la chambre, minuscule, mais décorée avec soin. Dès qu'elle eut terminé, elle alluma une cigarette et se posta devant la fenêtre, laissant son regard errer sur les nombreux passants qui apportaient une animation bruyante à la vieille rue étroite. Elle ne distinguait rien en fait de ce qui se déroulait sous ses yeux quelques mètres plus bas. Son esprit lui envoyait sans cesse les mêmes images terribles : Bertrand avant, Bertrand après, en alternance avec la vision d'Alexandre, là encore avant, puis après, comme ces mauvaises publicités vantant un produit miracle pour amincir ou faire pousser les cheveux. Elle lança rageusement sa cigarette par la fenêtre ouverte tandis que des larmes commençaient à couler le long de ses joues. Elle s'effondra sur le lit et enfouit son visage dans les draps afin d'atténuer la résonance de ses pleurs…

Elle prit immédiatement conscience des odeurs. D'ordinaire, elle ne leur prêtait pas la moindre attention, elles faisaient partie de son univers quotidien. Mais aujourd'hui, elle les avait remarquées dès son entrée dans l'enceinte de l'établissement. Elle avait déambulé dans les couloirs immaculés avec une étrange impression, une impression qu'elle n'avait jamais ressentie auparavant. Elle réalisa que c'était la première fois qu'elle se trouvait dans un hôpital pour aller assister un proche dans ses derniers instants. Elle s'était déplacée tant de fois au chevet d'un mourant dans son activité professionnelle qu'elle avait fini par perdre tout de ces sensations subjectives. Bien sûr, comme tout médecin qui se respecte, elle avait toujours éprouvé beaucoup de peine devant la fatalité de la mort et la douleur des membres de la famille, mais elle ne s'était encore jamais retrouvée elle-même dans cette situation.

Le numéro de la chambre recherchée lui apparut au milieu du couloir dans lequel elle était engagée et là encore elle ressentit cette sensation étrange. D'ordinaire, elle se dirigeait sans hésiter vers son but, mais aujourd'hui, elle ralentit son pas à la vue des chiffres familiers. Elle s'arrêta devant la porte et posa la main doucement sur la poignée, mais elle ne la tourna pas immédiatement. Elle sentait son cœur battre violemment dans sa poitrine et elle essaya d'en maîtriser le rythme en prenant de profondes inspirations. Elle n'avait plus rien de la professionnelle qui concentrait son attention sur les instruments indiquant l'état du malade avant de voir la personne elle-même. Elle était un être fait de sentiments et d'émotions. Elle savait exactement ce qu'elle allait trouver derrière cette porte, elle avait assisté parfois à l'agonie de patients frappés par la terrible maladie, mais cette fois-ci, la forme allongée qu'elle allait découvrir sous les draps appartenait à quelqu'un qui avait fait partie intégrante de sa vie.

Elle poussa enfin la porte et entra timidement dans la pièce. Elle entendit tout d'abord la respiration difficile, rendue bruyante par la pompe qui en imposait le rythme. Puis elle s'avança doucement vers le lit sans accorder un regard aux divers instruments de contrôle environnants et découvrit le visage, que l'on devinait plus qu'on ne le voyait sous le masque à oxygène qui lui était apposé. Elle ne put réprimer un frisson d'horreur à la vue des stigmates atroces que la maladie avait imprimés. Le faciès cadavérique au teint cireux qu'elle avait sous les yeux n'avait rien de commun avec le visage aux traits réguliers et charmeurs qu'elle avait connu.

Elle crut noter un léger frémissement des paupières qu'il avait gardées closes jusque-là et elle retint inconsciemment son souffle dans l'attente du moment fatidique où il allait se réveiller. Il parvint enfin à ouvrir les yeux au prix d'un effort qui semblait surhumain. Son regard inexpressif resta figé quelques instants sur le plafond immaculé, puis ses pupilles se déplacèrent lentement en direction de Michelle, qui n'osait toujours pas faire le moindre geste. Un souffle de vie parut l'animer à cette vision et ses lèvres esquissèrent un mouvement qu'elle interpréta comme un sourire à travers le plastique du masque à oxygène. Elle posa tendrement sa main sur son épaule et s'efforça de lui rendre son sourire. Elle devait faire un effort violent sur elle-même pour ne pas éclater en sanglots. Elle était incapable de prononcer un mot et ils se regardèrent un long moment en silence. Que pouvait-elle lui dire? Par quoi devait-elle commencer : “Comment ça va?” ou bien : “Ça fait longtemps!” ou mieux encore : “Tu n'as pas changé.” C’était ridicule. Lorsqu’elle avait affaire à ses patients, elle n’avait aucun mal à trouver les mots qu’il fallait pour leur apporter un peu de réconfort, mais dans le cas présent, elle se sentait totalement désarmée.

- Ne bouge pas, fit-elle soudain d'une voix douce. Elle avait ressenti une légère tension dans l’épaule sur laquelle sa main était toujours posée, lui indiquant que Bertrand essayait de se redresser malgré son état de fatigue extrême. Ne fais pas d’effort inutile.

Elle lui sourit à nouveau en lançant :

- Écoute ton médecin pour une fois !

Cette diversion avait été bénéfique et la lueur furtive qui avait éclairé le regard de Bertrand lui confirma qu’elle avait eu raison d’employer l’humour comme introduction à la place de toute autre forme d’expression. Elle se sentait elle-même plus détendue à présent et elle reprit d'une voix d’où toute trace de solennité avait disparu :

- C’est Gérard qui m’a prévenue. C’est quelqu’un de très bien, vraiment sympathique et prévenant. Tu as fait un bon choix.

Bertrand fit de petits signes de tête et cligna des yeux pour montrer combien il appréciait ce qu’il entendait.

- Moi, je ne me suis pas recasée, continua-t-elle avec un sourire. Je n’ai trouvé personne qui veuille s’embarrasser d'une vieille comme moi. Qu’est-ce qu’ils en feraient, honnêtement ? Donc, je vis toujours seule, avec Alexandre bien sûr. C’est le seul homme qui puisse me supporter ! C’est vraiment devenu un homme, tu auras du mal à le reconnaître. Il ne peut pas venir en ce moment parce qu’il est en période d’examen, mais dès qu’il aura terminé, il passera te voir.

Elle avait menti effrontément en sachant que Bertrand n’était pas dupe, mais elle était incapable de lui dire la vérité de vive voix. Ce dernier avait joué le jeu en acquiesçant du regard, ce qui n’avait fait qu’augmenter un peu plus sa sensation de malaise. Elle continua néanmoins, sur le ton le plus naturel possible, le récit de sa vie et surtout celle d'Alexandre, sans toutefois faire mention de l'horrible nouvelle dont celui-ci lui avait fait part dernièrement.

Elle ne s'arrêta que lorsqu'elle vit les yeux de Bertrand se fermer. Ce dernier avait lutté du mieux qu'il avait pu contre la fatigue qui l'habitait afin de prolonger l'instant au maximum mais il avait dû finalement s'incliner et il était tombé bien malgré lui dans un sommeil profond. Elle l'avait regardé encore un instant en silence, puis elle avait quitté la pièce à pas lents. Elle n'avait pas eu besoin de se renseigner auprès des membres du personnel qu'elle croisa dans le couloir pour savoir que l'échéance était proche, très proche…

* * *

Elle ouvrit la porte de la chambre avec la même appréhension que la veille. Gérard Charrier était là. Assis près du lit, les épaules rentrées et la tête enfouie entre les mains, il semblait être en proie au désespoir le plus intense. Michelle s'approcha doucement et posa une main sur lui avec douceur. À ce contact il tourna son visage vers elle et elle put voir que ses yeux étaient encore rouges des larmes qu'il avait versées. Il se leva et la prit délicatement par les bras.

- Cette fois-ci, je crois que c'est vraiment la fin. Et je l'espère pour lui, il a assez souffert comme ça.

Il accentua légèrement la pression de ses doigts sur les poignets de Michelle. "Merci, merci infiniment d'être venue."

Puis il se dirigea d'un pas lourd vers la porte et sortit.

Michelle se rapprocha de Bertrand qui avait toujours les yeux fermés. Bien qu'il soit endormi, son visage n'exprimait pas la quiétude. Il ne faisait pas de doute qu'il avait entamé la dernière étape dans sa lutte contre la mort. Sa respiration était devenue laborieuse, malgré la pompe qui continuait son travail inlassablement. Elle prit la place qu'occupait Gérard l'instant d'avant et laissa ses pensées vagabonder en regardant Bertrand. Elle maudissait cette maladie infâme qui allait lui enlever deux êtres chers de façon irrémédiable. Pour Bertrand, il n'y avait plus rien à faire, et pour Alexandre, elle ne pourrait que guetter les premiers symptômes qui annonceraient le déclenchement du processus conduisant à l'issue fatale. Pourquoi était-elle médecin lorsqu'elle était incapable de secourir son propre fils ? Elle avait sauvé tant de vies par le passé et maintenant elle ne pouvait qu'attendre avant d'assister, impuissante, à l'agonie de son unique enfant.

De petits coups timides contre la porte la tirèrent de ses réflexions maussades. Elle releva la tête, s'attendant à voir apparaître Gérard, mais à son grand étonnement ce n'était pas lui qui était entré avec un air triste dans la pièce. Son cœur fit un bond dans sa poitrine et elle se leva gauchement afin d'aller à la rencontre du nouveau venu.

- Alexandre ! souffla-t-elle en le prenant dans ses bras avec fougue. Mon chéri, pourquoi es-tu venu ? Tu n'aurais pas dû... De toute façon, ça ne sert à rien, il est inconscient.

Tout en parlant, elle faisait écran de son corps afin de lui cacher la vue du lit sur lequel reposait son père. Alexandre essaya de l'écarter doucement mais elle se raidit au maximum pour l'empêcher de passer.

- Non, Alexandre, n'y va pas, je t'en prie.

Ce dernier lui posa délicatement les mains sur les épaules en la regardant droit dans les yeux.

- Ne t'inquiète pas maman. Je crois que je suis assez fort. Comme tu l'as dit toi-même, il a le droit de voir les gens qu'il aime avant de mourir. Je veux lui donner cette ultime joie. Je t'en prie maman, laisse-moi passer.

Il l'écarta doucement sans qu'elle oppose la moindre résistance et s'avança vers le lit. Il regarda le visage de

Bertrand avec recueillement, puis ses yeux suivirent le contour des tuyaux jusqu'aux différents appareils qui géraient les derniers souffles de vie avant de revenir se poser sur la forme inerte. Michelle l'observait sans bouger. Elle savait parfaitement ce qu'il ressentait en cet instant. Ce n'était pas seulement le visage de la mort qu'il découvrait, mais celui de sa propre mort. Des larmes embuèrent son regard et elle alla s'asseoir sur une chaise au fond de la pièce où elle pleura en silence.

Alexandre approcha une main du visage de son père et en caressa les contours avec une douceur infinie. Il crut noter une légère contraction et il stoppa son geste en retenant son souffle. Les paupières de Bertrand frémirent un instant puis ses yeux s'ouvrirent faiblement. Alexandre se pencha en avant afin d'accrocher son regard et fit doucement avec un sourire :

- Salut papa.

Les yeux de Bertrand semblèrent s'illuminer l'espace d'un instant avant que ses paupières ne se referment irrésistiblement, abandonnant une larme qui avait perlé au coin d'un œil. Le rythme saccadé de l'appareil respiratoire s'arrêta soudain tandis qu'un des écrans chargés de surveiller les fonctions cardiaques du patient émit un son aigu en montrant une ligne continue. Alexandre déposa un baiser sur le front désormais sans vie avant de s'écarter pour laisser la place aux deux médecins et à l'infirmière qui avaient fait leur entrée dans la pièce. Puis il s'approcha de sa mère toujours en larmes et lui tendit la main pour l'aider à se lever.

- Viens maman, fit-il d'une voix étranglée par l'émotion, nous avons encore quelques bonnes années devant nous. Essayons de les vivre au mieux.

Ils restèrent enlacés quelques instants en pleurant silencieusement avant de se diriger main dans la main vers la sortie…